AF656401

पेंगुइन के साथ मिलाएँ, पर्यावरण से हाथ

हर पृष्ठ उत्कृष्ट

प्रिय पाठक,

पेंगुइन में हम उत्तम साहित्य के साथ-साथ सकारात्मक परिवर्तन के लिए शब्दों की शक्ति में विश्वास रखते हैं।

पर्यावरण के प्रति हमारी प्रतिबद्धता के दृष्टिगत हमें यह घोषणा करते हुए गर्व है कि यह पुस्तक फ़ॉरेस्ट स्टीवर्डशिप काउंसिल (एफ़एससी)-प्रमाणित और शत प्रतिशत पुनर्चक्रित (100% रीसाइकल्ड) काग़ज़ के संयोजन पर मुद्रित है। हम स्वयं करके दिखाने पर विश्वास करते हैं और पर्यावरण-अनुकूल कार्य-प्रणाली को अपनाने के लिए समर्पित हैं। यह पहल अपने पर्यावरण पद-चिह्न को कम करने और प्राकृतिक संसाधनों को संरक्षित करने वाली कार्य-पद्धतियों का समर्थन करने की दिशा में हमारी यात्रा का एक महत्त्वपूर्ण क़दम है। आइए, हम एक साथ मिलकर अपनी पृथ्वी को सुरक्षित रखते हुए जीवन को प्रेरित और समृद्ध करें, पृष्ठ-दर-पृष्ठ।

एक हरित एवं पर्यावरण सर्वेक्षण के प्रति अधिक जागरूक भविष्य की ओर इस यात्रा में हमारे साथ जुड़ने के लिए आपका धन्यवाद। आइए, हम सब मिलकर पढ़ने और अपनी पृथ्वी की देखभाल करने की दिशा में यह पहल करें।

हार्दिक शुभकामनाएँ,
टीम पेंगुइन

पेंगुइन स्वदेश

कामायनी

जयशंकर प्रसाद हिन्दी के प्रख्यात कवि, नाटककार, कहानीकार, उपन्यासकार तथा निबन्धकार थे। वे हिन्दी के छायावादी युग के चार प्रमुख स्तंभों में से एक हैं। उन्होंने हिंदी काव्य में एक तरह से छायावाद की स्थापना की, जिसके द्वारा खड़ी बोली के काव्य में न केवल कमनीय माधुर्य की रससिद्ध धारा प्रवाहित हुई, बल्कि जीवन के सूक्ष्म एवं व्यापक आयामों के चित्रण की शक्ति भी संचित हुई और *कामायनी* तक पहुँचकर वह काव्य प्रेरक शक्तिकाव्य के रूप में भी प्रतिष्ठित हो गया। बाद के प्रगतिशील एवं नयी कविता दोनों धाराओं के प्रमुख आलोचकों ने उसकी इस शक्तिमत्ता को स्वीकृति दी। इसका एक अतिरिक्त प्रभाव यह भी हुआ कि खड़ी बोली हिन्दी काव्य की निर्विवाद सिद्ध भाषा बन गई।

एक अमर महाकाव्य

कामायनी

जयशंकर प्रसाद

पेंगुइन स्वदेश
पेंगुइन रैंडम हाउस इंप्रिंट

पेंगुइन स्वदेश

पेंगुइन स्वदेश, पेंगुइन रैंडम हाउस ग्रुप ऑफ़ कंपनीज़ का हिस्सा है,
जिसका पता global.penguinrandomhouse.com पर मिलेगा

पेंगुइन रैंडम हाउस इंडिया प्रा. लि.,
चौथी मंजिल, कैपिटल टावर-1, एम जी रोड,
गुरुग्राम 122 002, हरियाणा, भारत

पेंगुइन
रैंडम हाउस
इंडिया

प्रथम हिन्दी संस्करण हिन्द पॉकेट बुक्स द्वारा 1991 में प्रकाशित
प्रस्तुत हिंदी संस्करण पेंगुइन स्वदेश में पेंगुइन रैंडम हाउस द्वारा 2025 में प्रकाशित

10 9 8 7 6 5 4 3 2 1

ISBN 9789353492274

टाइपसेटः www.maniworks.com
मुद्रक: गोपसंस पेपर्स प्राईवेट लिमिटेड, नोएडा
यह पुस्तक रीसाइकल्ड कागज़ पर मुद्रित हुई है

www.penguin.co.in

MIX
Paper | Supporting responsible forestry
FSC
www.fsc.org
FSC® C191020

अनुक्रम

जयशंकर प्रसाद : एक परिचय

बनारस के कुलीन और सम्पन्न सुंघनी साहु घराने में सन् 1889 में जन्मे थे जयशंकर प्रसाद, वहीं के क्वींस विद्यालय में छठी कक्षा तक शिक्षा प्राप्त की। बाद में घर ही पाठशाला बन गया। हिन्दी, संस्कृत और अंग्रेजी के विद्वान् गुरुओं से मिली साहित्य की शिक्षा ने उनके भीतर छिपी प्रतिभा को परवान चढ़ाया।

बचपन से ही वह कवियों और विद्वानों के बीच रहे। उनका प्रभाव पड़ा उन पर। कविता के प्रति लगाव बढ़ता गया और छोटी उम्र में ही वह कविता के कानन में विचरण करने लगे। नारियल बाजार में सुंघनी साहु की प्रसिद्ध दुकान थी। इसी जगह प्रस्फुटित हुआ उनके काव्य का पहला छंद और फिर तो यह धारा ऐसी बही कि थमने का नाम ही नहीं लिया।

सन् 1906 में उनकी प्रथम रचना छपी 'भारतेन्दु' में,'उर्वशी चंपू' और 'प्रेम-राज्य' भी इसी वर्ष रचे गए। वह साहित्य की प्रत्येक विधा में लिखने लगे। कविता, कहानी, नाटक, निबंध सभी कुछ 'इंदु' में सम्मान के साथ प्रकाशित होते रहे।

'इंदु' के अगस्त 1910 के अंक में उनकी पहली कहानी 'ग्राम' छपी और इसी के साथ एक नये कथायुग का आरंभ हुआ।

वह 'छायावाद' के इतिहास पुरुष थे। कविता में इनका सर्वोच्च स्थान बन गया था। हिन्दी की मौलिक कहानी और नाट्य

साहित्य में उनकी श्रेष्ठता सिद्ध थी, जो आज भी प्रकाश स्तंभ की तरह खड़ी है और चारों ओर प्रकाश बिखेर रही है।

चित्राधार (1918), आँसू (1925), झरना (1927), लहर (1935), कामायनी (1936) उनकी श्रेष्ठ काव्य-कृतियाँ हैं तथा अजातशत्रु (1922), स्कन्दगुप्त (1928), चंद्रगुप्त मौर्य (1931), ध्रुवस्वामिनी (1931) प्रसिद्ध नाटक हैं।

प्रसाद को सन् 1937 में 'हिन्दी साहित्य सम्मेलन' ने 'मंगला प्रसाद पारितोषिक' से सम्मानित किया। उनकी रचनाएँ अनेक भारतीय भाषाओं में अनूदित हुई। 'कामायनी' का अंग्रेजी अनुवाद भी किया जा चुका है।

हिन्दी में कालिदास की श्रेणी के कवि जयशंकर प्रसाद का निधन सन् 1937 में हुआ।

आमुख

आर्य साहित्य में मानवों के आदि पुरुष मनु का इतिहास वेदों से लेकर पुराण और इतिहासों में बिखरा हुआ मिलता है। श्रद्धा और मनु के सहयोग से मानवता के विकास की कथा को, रूपक के आवरण में, चाहे पिछले काल में मान लेने का वैसा ही प्रयत्न हुआ हो जैसा कि सभी वैदिक इतिहासों के साथ निरुक्त के द्वारा किया गया, किन्तु मन्वंतर के अर्थात् मानवता के नवयुग के प्रवर्त्तक के रूप में मनु की कथा आर्यों की अनुश्रुति में दृढ़ता से मानी गयी है। इसलिए वैवस्वत मनु को ऐतिहासिक पुरुष ही मानना उचित है। प्रायः लोग गाथा और इतिहास में मिथ्या और सत्य का व्यवधान मानते हैं। किन्तु सत्य मिथ्या से अधिक विचित्र होता है। आदिम युग के मनुष्यों के प्रत्येक दल ने ज्ञानोन्मेष के अरुणोदय में जो भावपूर्ण इतिवृत्त संग्रहीत किये थे, उन्हें आज गाथा या पौराणिक उपाख्यान कहकर अलग कर दिया जाता है; क्योंकि उन चरित्रों के साथ भावनाओं का भी बीच-बीच में संबंध लगा हुआ-सा दीखता है। घटनाएँ कहीं-कहीं अतिरंजित-सी भी जान पड़ती हैं। तथ्य-संग्रहकारिणी तर्कबुद्धि को ऐसी घटनाओं में रूपक का आरोप कर लेने की सुविधा हो जाती है, किंतु उनमें भी कुछ सत्यांश घटना से संबद्ध है, ऐसा तो

मानना ही पड़ेगा। आज के मनुष्य के समीप तो उसकी वर्तमान संस्कृति का क्रमपूर्ण इतिहास ही होता है; परंतु उसके इतिहास की सीमा जहाँ से प्रारंभ होती है ठीक उसी के पहले सामूहिक चेतना की दृढ़ और गहरे रंगों की रेखाओं से, बीती हुई ओर भी पहले की बातों का उल्लेख स्मृति-पट पर अमिट रहता है; परंतु कुछ अतिरंजित-सा। वे घटनाएँ आज विचित्रता से पूर्ण जान पड़ती हैं। संभवतः इसीलिए हमको अपनी प्राचीन श्रुतियों का निरुक्त के द्वारा अर्थ करना पड़ा; जिससे कि उन अर्थों की अपनी वर्तमान रुचि से सामंजस्य किया जाय।

यदि श्रद्धा और मनु अर्थात् मनन के सहयोग से मानवता का विकास रूपक है, तो भी बड़ा ही भावमय और श्लाघ्य है। यह मनुष्यता का मनोवैज्ञानिक इतिहास बनने में समर्थ हो सकता है। आज हम सत्य का अर्थ घटना कर लेते हैं। तब भी, उसके तिथि-क्रम मात्र से संतुष्ट न होकर, मनोवैज्ञानिक अन्वेषण के द्वारा इतिहास की घटना के भीतर कुछ देखना चाहते हैं। उसके मूल में क्या रहस्य है? आत्मा की अनुभूति! हाँ, उसी भाव के रूप-ग्रहण की चेष्टा सत्य या घटना बन कर प्रत्यक्ष होती है। फिर, वे सत्य घटनाएँ स्थूल और क्षणिक होकर मिथ्या और अभाव में परिणत हो जाती हैं। किंतु सूक्ष्म अनुभूति या भाव, चिरंतन सत्य के रूप में प्रतिष्ठित रहता है, जिसके द्वारा युग-युग के पुरुषों की और पुरुषार्थों की अभिव्यक्ति होती रहती है।

जल-प्लावन भारतीय इतिहास में एक ऐसी ही प्राचीन घटना है, जिसने मनु को देवों से विलक्षण, मानवों की एक भिन्न संस्कृति प्रतिष्ठित करने का अवसर दिया। वह इतिहास ही

है। 'मनवे वै प्रातः' इत्यादि से इस घटना का उल्लेख शतपथ ब्राह्मण के आठवें अध्याय में मिलता है। देवगण के उच्छृखल स्वभाव, निर्बाध आत्मतुष्टि में अंतिम अध्याय लगा और मानवीय भाव अर्थात् श्रद्धा और मनन का समन्वय होकर प्राणी को एक नये युग की सूचना मिली। इस मन्वंतर के प्रवर्त्तक मनु हुए। मनु भारतीय इतिहास के आदि पुरुष हैं। राम, कृष्ण और बुद्ध इन्हीं के वंशज हैं। शतपथ ब्राह्मण में उन्हें श्रद्धादेव कहा गया है, 'श्रद्धादेवो वै मनुः' (का० 1 प्र० 1) भागवत में इन्हीं वैवस्वत मनु और श्रद्धा से मानवीय सृष्टि का प्रारम्भ माना गया है।

"ततो मनुः श्राद्धदेवः संज्ञायामास भारत
श्रद्धायां जनयामास दश पुत्रान् स आत्मवान्।" (1-1-11)

छांदोग्य उपनिषद् में मनु और श्रद्धा की भावमूलक व्याख्या भी मिलती है 'यदावै श्रद्धधाति अथ मनुते नाऽश्रद्धधन् मनुते' यह कुछ निरुक्त की सी व्याख्या है। ऋग्वेद में श्रद्धा और मनु दोनों का नाम ऋषियों की तरह मिलता है। श्रद्धा वाले सूक्त में सायण ने श्रद्धा का परिचय देते हुए लिखा है, 'कामगो-त्रजा श्रद्धानामर्षिका।' श्रद्धा कामगोत्र की बालिका है, इसीलिए श्रद्धा नाम के साथ उसे कामायनी भी कहा जाता है। मनु प्रथम पथ-प्रदर्शक और अग्निहोत्र प्रज्वलित करने वाले तथा अन्य कई वैदिक कथाओं के नायक हैं: — 'मनुर्हवा अग्रे यज्ञेनेजे यदनुकृत्येमाः प्रजा यजन्ते' (5-1 शतपथ)। इनके सम्बन्ध में वैदिक साहित्य में बहुत-सी बातें बिखरी हुई मिलती हैं; किंतु उनका क्रम स्पष्ट नहीं है। जल-प्लावन का वर्णन शतपथ ब्राह्मण के प्रथम कांड के आठवें अध्याय मे आरम्भ होता है; जिसमें उनकी नाव के उत्तरगिरि हिमवान् प्रदेश में पहुँचने का प्रसंग है। वहाँ ओघ के जल का अवतरण होने पर मनु भी जिस

स्थान पर उतरे उसे मनोरवमर्पण कहते हैं। 'अपीपरं वै त्वा, वृक्षे नावं प्रतिबध्नीष्व, तं तु त्वा मा गिरौ न्त मुदक-मन्तश्चैत्सीद् यावद् यावदुदकं समवायात् — तावत् तावदन्ववसर्पासि इति सह तावत् तावदेवान्ववससर्प। तदप्येतदुत्तरस्य गिरेर्मनोरवसर्पणमिति। (8-1)'

श्रद्धा के साथ मनु का मिलन होने के बाद उसी निर्जन प्रदेश में उजड़ी हुई सृष्टि को फिर से आरंभ करने का प्रयत्न हुआ। किंतु असुर पुरोहित के मिल जाने से इन्होंने पशु-बलि की — 'किलाताकुली — इति हासुर ब्रह्मावासतुः। तो होचतुः — श्रद्धादेवो वै मनु — आवं नु वेदावेति। तौ हागत्योचतुः — मनो। बाजयाव त्वेति।'

इस यज्ञ के बाद मनु में जो पूर्व-परिचित देव-प्रवृत्ति जाग उठी — उसने इड़ा के संपक में आने पर उन्हें श्रद्धा के अतिरिक्त एक दूसरी ओर प्रेरित किया। इड़ा के संबंध में शतपथ मे कहा गया है कि उसकी उत्पत्ति या पुष्टि पाक यज्ञ में हुई और उस पूर्ण योषिता को देखकर मनु ने पूछा कि 'तुम कौन हो?' इड़ा ने कहा, 'तुम्हारी दुहिता हूँ।' मनु ने पूछा कि 'मेरी दुहिता कैसे?' उसने कहा, 'तुम्हारे दही, घी इत्यादि के हवियों से ही मेरा पोषण हुआ है।' 'तां ह' मनुरुवाच — 'का असि' इति। 'तव दुहिता' इति। 'कथं भगवति? मम दुहिता' इति। (शतपथ 6 प्र० 3 ब्रा०)

इड़ा के लिए मनु को अत्यधिक आकर्षण हुआ और श्रद्धा से वे कुछ खिंचे। ऋग्वेद में इड़ा का कई जगह उल्लेख मिलता है। यह प्रजापति मनु की पथ-प्रदर्शिका मनुष्यों का शासन करनेवाली कही गयी है। "इड़ामकृण्व न्मनुषस्य शासनीम्" (1-31-11

ऋग्वेद)। इड़ा के सम्बन्ध में ऋग्वेद में कई मंत्र मिलते हैं। "सरस्वती साधयंती धियं न इड़ा देवी भारती विश्व-तूर्त्तिः तिस्रो देवीः स्वधयावर्हिरेदमच्छिद्रं पान्तु शरणं निषद्य।" (ऋग्वेद 2-3-8) "आनो ज्ञंगं भारती तूय मेत्विड़ा मनुष्वदिह चेतयंती। तिस्रो देवी वर्हिरेदं स्योनं सरस्वती स्वपसः सदंतु'। (ऋग्वेद 10-110-8) इन मंत्रों में मध्यमा, वैखरी और पश्यंती की प्रतिनिधि भारती, सरस्वती के साथ इड़ा का नाम आया है। लौकिक संस्कृत में इड़ा शब्द पृथ्वी अर्थात् बुद्धि, वाणी आदि का पर्यायवाची है — "गो भूर्वाचत्स्विड़ा इला" — (अमर)। इस इड़ा या वाक् के साथ मनु या मन के एक और विवाद का भी शतपथ में उल्लेख मिलता है जिसमें दोनों अपने महत्त्व के लिए झगड़ते हैं "अथातोमनसश्च" इत्यादि। (4 अध्याय 5 ब्राह्मण) ऋग्वेद में इड़ा को धी, बुद्धि का साधन करने वाली; मनुष्य को चेतना प्रदान करने वाली कहा है। पिछले काल में संभवतः इड़ा को पृथ्वी आदि से संबद्ध कर दिया गया हो, किंतु ऋग्वेद 5-5-8 में इड़ा और सरस्वती के साथ मही का अलग उल्लेख स्पष्ट है। "इड़ा सरस्वती मही तिस्रोदेवी मयोभुवः" से मालूम पड़ता है कि मही से इड़ा भिन्न है। इड़ा को मेधसंवाहिनी नाड़ी भी कहा गया है।

अनुमान किया जा सकता है कि बुद्धि का विकास, राज्य-स्थापना इत्यादि इड़ा के प्रभाव से ही मनु ने किया। फिर तो इड़ा पर भी अधिकार करने की चेष्टा के कारण मनु को देवगण का कोपभाजन होना पड़ा। 'तद्वै देवानां आग आस' (7-4 शतपथ) इस अपराध के कारण उन्हें दंड भोगना पड़ा 'तंरुद्रोऽभ्यावत्य विव्याध' (7-4 शतपथ) इड़ा देवताओं की स्वसा थी। मनुष्यों को चेतना प्रदान करने वाली थी। इसीलिए

यज्ञों में इड़ा-कर्म होता है। यह इड़ा का बुद्धिवाद श्रद्धा और मनु के बीच व्यवधान बनाने में सहायक होता है। फिर बुद्धि-वाद के विकास में अधिक सुख की खोज में दुख मिलना स्वाभाविक है। यह आख्यान इतना प्राचीन है कि इतिहास में रूपक का भी अद्‌भुत मिश्रण हो गया है। इसीलिए मनु, श्रद्धा और इड़ा इत्यादि अपना ऐतिहासिक अस्तित्व रखते हुए, सांकेतिक अर्थ की भी अभिव्यक्ति करें तो मुझे कोई आपत्ति नहीं। मनु अर्थात् मन के दोनों पक्ष हृदय और मस्तिष्क का संबंध क्रमशः श्रद्धा और इड़ा से भी सरलता से लग जाता है। 'श्रद्धां हृदय्य याकूत्या श्रद्धया विन्दते बसु!' (ऋग्वेद 10-151-4) इन्हीं सबके आधार पर 'कामायनी' की कथा-सृष्टि हुई है। हाँ, 'कामायनी' की कथा-शृंखला मिलाने के लिए कहीं-कहीं थोड़ी-बहुत कल्पना को भी काम में ले आने का अधिकार मैं नहीं छोड़ सका हूँ।

महारात्रि, 1935 — **जयशंकर 'प्रसाद'**

चिंता

हिमगिरि के उत्तुंग शिखर पर, बैठ शिला की शीतल छाँह,
एक पुरुष, भीगे नयनों से देख रहा था प्रलय प्रवाह।
नीचे जल था ऊपर हिम था, एक तरल था एक सघन,
एक तत्त्व की ही प्रधानता — कहो उसे जड़ या चेतन।
दूर-दूर तक विस्तृत था हिम स्तब्ध उसी के हृदय-समान,
नीरवता-सी शिला-चरण से टकराता फिरता पवमान।
तरूण तपस्वी-सा वह बैठा साधन करता सुर-श्मशान,
नीचे प्रलयसिंधु लहरों का होता था सकरूण अवसान।
उसी तपस्वी-से लंबे थे देवदारु दो चार खड़े,
हुए हिम-धवल, जैसे पत्थर बनकर ठिठुरे रहे अड़े।
अवयव की दृढ़ मांस-पेशियाँ, ऊर्जस्वित था वीर्य्य अपार,
स्फीत शिरायें, स्वस्थ रक्त का होता था जिनमें संचार।
चिंता-कातर वदन हो रहा पौरूष जिसमें ओत-प्रोत
उधर उपेक्षामय यौवन का बहता भीतर मधुमय स्रोत।
बँधी पहावट से नौका थी सूखे में अब पड़ी रही,
उतर चला था वह जल-प्लावन, और निकलने लगी मही।
निकल रही थी मर्म वेदना करूणा विकल कहानी सी,
वहाँ अकेली प्रकृति सुन रही, हँसती-सी पहचानी-सी।

"ओ चिंता की पहली रेखा, अरी विश्व-वन की व्याली,
ज्वालामुखी स्फोट के भीषण प्रथम कप-सी मतवाली!
हे अभाव की चपल बालिके, री ललाट की खलखेला!
हरी-भरी-सी दौड़-धूप, ओ जल-माया की चल-रेखा!
इस ग्रहकक्षा की हलचल — री तरल गरल की लघु-लहरी,
जरा अमर-जीवन की, और न कुछ सुनने वाली, बहरी!
अरी व्याधि की सूत्र-धारिणी — अरी आधि, मधुमय अभिशाप!
हृदय-गगन में धूमकेतु-सी, पुण्य-सृष्टि में सुंदर पाप।
मनन करावेगी तू कितना? उस निश्चत जाति का जीव —
अमर मरेगा क्या? तू कितनी गहरी डाल रही है नींव।
आह! घिरेगी हृदय-लहलहे-खेतों पर करका-घन-सी,
छिपी रहेगी अंतरतम में सब के तू निगूढ़ धन-सी।
बुद्धि, मनीषा, मति, आशा, चिंता तेरे हैं कितने नाम!
अरी पाप है तू, जा, चल जा यहाँ नहीं कुछ तेरा काम।
विस्मृति आ, अवसाद घेर ले, नीरवते! बस चुप कर दे,
चेतनता चल जा, जड़ता से आज शून्य मेरा भर दे।"

"चिंता करता हूँ मैं जितनी उस अतीत की, उस सुख की,
उतनी ही अनंत में बनती जातीं रेखायें दुख की।
आह सर्ग के अग्रदूत! तुम असफल हुए, विलीन हुए,
भक्षक या रक्षक जो समझो, केवल अपने मीन हुए।
अरी आँधियों! ओ बिजली की दिवा-रात्रि तेरा नर्त्तन,
उसी वासना की उपासना, वह तेरा प्रत्यावर्त्तन।
मणि-दीपों के अंधकारमय, अरे निराशा पूर्ण भविष्य!
देव-दंभ के महामेध में सब कुछ ही बन गया हविष्य।
अरे अमरता के चमकीले पुतलो! तेरे वे जयनाद —

काँप रहे हैं आज प्रतिध्वनि बन कर मानो दीन विषाद।
प्रकृति रही दुर्जेय, पराजित हम सब थे भूले मद में,
भोले थे, हाँ तिरते केवल सब विलासिता के नद में।
वे सब डूबे, डूबा उनका विभव, बन गया पारावार —
उमड़ रहा था देव-सुखों पर दुःख-जलधि का नाद अपार।"

"वह उन्मत्त विलास हुआ क्या! स्वप्न रहा या छलना थी!
देवसृष्टि की सुख-विभावरी ताराओं की कलना थी।
चलते थे सुरभित अंचल से जीवन के मधुमय निश्वास,
कोलाहल में मुखरित होता देव जाति का सुख-विश्वास।
सुख, केवल सुख का वह संग्रह, केंद्रीभूत हुआ इतना,
छायापथ में नव तुषार का सघन मिलन होता जितना।
सब कुछ थे स्वायत्त, विश्व के — बल, वैभव, आनंद अपार,
उद्वेलित लहरों-सा होता, उस समृद्धि का सुख-संचार।
कीर्ति, दीप्ति, शोभा थी नचती अरुण-किरण-सी चारों ओर,
सप्तसिंधु के तरल कणों में, द्रुम-दल में, आनंद-विभोर।
शक्ति रही हाँ शक्ति — प्रकृति थी पद-तल में विनम्र विश्रांत,
कँपती धरणी उन चरणों से होकर प्रतिदिन ही आक्रांत।
स्वयं देव थे हम सब, तो फिर क्यों न विशृंखल होती सृष्टि?
अरे अचानक हुई इसी से कड़ी आपदाओं की वृष्टि।
गया, सभी कुछ गया, मधुर तम सुर-बालाओं का शृंगार,
ऊषा ज्योत्स्ना-सा यौवन-स्मित मधुप-सदृश निश्चिंत विहार।
भरी वासना-सरिता का वह कैसा था मदमत्त प्रवाह,
प्रलय-जलधि में संगम जिसका देख हृदय था उठा कराह।"

“चिर-किशोर-वय, नित्य विलासी — सुरभित जिससे रहा दिगंत
आज तिरोहित हुआ कहां वह मधु से पूर्ण अनंत वसंत?
कुसुमित कुंजों में वे पुलकित प्रेमालिंगन हुए विलीन,
मौन हुई हैं मूर्छित तानें और न सुन पड़ती अब बीन।
अब न कपोलों पर छाया-सी पड़ती मुख की सुरभित भाप,
भुज-मूलों में शिथिल वसन की व्यस्त न होती है अब माप।
कंकण क्वणित रणित नूपुर थे, हिलते थे छाती पर हार,
मुखरित था कलरव, गीतों में स्वर लय का होता अभिसार।
सौरभ से दिगंत पूरित था अंतरिक्ष आलोक-अधीर,
सब में एक अचेतन गति थी, जिससे पिछड़ा रहे समीर।
वह अनंग-पीड़ा-अनुभव-सा अंग-भंगियों का नर्त्तन,
मधुकर के मरंद-उत्सव-सा मदिर भाव से आवर्त्तन।
सुरा सुरभिमय बदन अरुण वे नयन भरे आलस अनुराग,
कल कपोल था जहाँ बिछलता कल्पवृक्ष का पीत पराग।
विकल वासना के प्रतिनिधि वे सब मुरझाये चले गये,
आह! जले अपनी ज्वाला से फिर वे जल में गले, गये।”

“अरी उपेक्षा-भरी अमरते! री अतृप्ति! निबार्ध विलास!
द्विधा-रहित अपलक नयनों की भूख-भरी दर्शन की प्यास!
बिछुड़े तेरे सब आलिंगन, पुलक-स्पर्श का पता नहीं,
मधुमय चुंबन कातरतायें, आज न मुख को सता रहीं।
रत्न-सौध के वातायन, जिनमें आता मधु-मदिर समीर,
टकराती होगी अब उनमें तिमिंगिलों की भीड़ अधीर।
देवकामिनी के नयनों से जहाँ नील नलिनों की सृष्टि —
होती थी, अब वहाँ हो रही प्रलयकारिणी भीषण वृष्टि।
वे अम्लान-कुसुम-सुरभित — मणि-रचित मनोहर मालायें,

बनीं शृंखला, जकड़ीं जिनमें विलासिनी सुर-बालायें।
देव-वजन के पशुयज्ञों की वह पूर्णाहुति की ज्वाला,
जलनिधि में बन जलती कैसी आज लहरियों की माला।'
"उनको देख कौन रोया यों अंतरिक्ष में बैठ अधीर!
व्यस्त बरसने लगा अश्रुमय यह प्रालेय हलाहल नीर!
हाहाकार हुआ क्रंदनमय कठिन कुलिश होते थे चूर,
हुए दिगंत बधिर, भीषण रव बार-बार होता था क्रूर।
दिग्दाहों से धूम उठे, या जलधर उठे क्षितिज-तट के!
सघन गगन में भीमप्रकंपन, झंझा के चलते झटके।
अंधकार में मलिन मित्र की धुँधली आभा लीन हुई,
वरुण व्यस्त थे घनी कालिमा स्तर-स्तर जमती पीन हुई।
पंचभूत का भैरभ मिश्रण, शंपाओं के शकल-निपात
उल्का लेकर अमर शक्तियाँ खोज़ रहीं ज्यों खोया प्रात।
बार बार उस भीषण रव से कँपती धरती देख विशेष,
मानो नील व्योम उतरा हो आलिंगन के हेतु अशेष!
उधर गरजती सिंधु लहरियाँ कुटिल काल के जालों सी,
चली आ रहीं फेन उगलती फन फैलाये व्यालों-सी।
धँसती धरा, धधकती ज्वाला, ज्वाला-मुखियों के निश्वास
और संकुचित क्रमशः उसके अवयव का होता था ह्रास।
सबल तरंगाघातों से उस क्रुद्ध सिंधु के, विचलित-सी —
व्यस्त महाकच्छप-सी धरणी ऊभ-चूभ थी विकलित-सी।
बढ़ने लगा विलास-वेग-सा वह अतिभैरव जल-सघात
तरल-तिमिर से प्रलय-पवन का होता आलिंगन, प्रतिघात।
वेला क्षण-क्षण निकट आ रही क्षितिज क्षीण, फिर लीन हुआ,
उदधि डुबाकर अखिल धरा को बस मर्यादा-हीन हुआ!

करका क्रंदन करती गिरती और कुचलना था सब का,
पंचभूत का यह तांडवमय नृत्य हो रहा था कब का।"

"एक नाव थी, और न उसमें डाँडे लगते, या पतवार,
तरल तरंगों में उठ-गिरकर बहती पगली बारंबार,
लगते प्रबल थपेड़े, धुँधले तट का था कुछ पता नहीं,
कातरता से भरी निराशा देख नियति पथ बनी वहीं।
लहरें व्योम चूमती उठतीं, चपलायें असंख्य नचतीं,
गरल जलद की खड़ी झड़ी में बूंदें निज संसृति रचतीं।
चपलायें उस जलधि-विश्व में स्वयं चमत्कृत होती थीं,
ज्यों विराट बाड़व-ज्वालायें खंड-खंड हो रोती थीं।
जलनिधि के तलवासी जलचर विकल निकलते उतराते,
हुआ विलोड़ित गृह, तब प्राणी कौन! कहाँ! कब! सुख पाते?
घनीभूत हो उठे पवन, फिर श्वासों की गति होती रूद्ध,
और चेतना थी बिलखाती, दृष्टि विफल होती थी क्रुद्ध।
उस विराट् आलोड़न में ग्रह, तारा बुद-बुद से लगते,
प्रखर प्रलय-पावस में जगमग, ज्योतिरिंगणों से जगते।
प्रहर दिवस कितने बीते, अब इसको कौन बता सकता,
इनके सूचक उपकरणों का चिह्न न कोई पा सकता।
काला शासन-चक्र मृत्यु का कब तक चला, न स्मरण रहा,
महामत्स्य का एक चपेटा दीन पोत का मरण रहा।
किंतु उसी ने ला टकराया इस उत्तरगिरि के शिर से,
देव-सृष्टि का ध्वंस अचानक श्वास लगा लेने फिर से।
आज अमरता का जीवित हूँ मैं वह भीषण जर्जर दंभ,
आह सर्ग के प्रथम अंक का अधम-पात्र मय सा विष्कंभ!"

"ओ जीवन की मरु-मरीचिका, कायरता के अलस विषाद!
अरे पुरातन अमृत! अगतिमय मोहमुग्ध जर्जर अवसाद!
मौन! नाश! विध्वंस! अँधेरा! शून्य बना जो प्रकट अभाव,
वही सत्य है, अरी अमरते! तुझको यहाँ कहाँ अब ठाँव।
मृत्यु, अरी चिर-निद्रे! तेरा अंक हिमानी-सा शीतल,
तू अनंत में लहर बनाती काल-जलधि की-सी हलचल।
महानृत्य का विषम सम अरी अखिल स्पंदनों की तू माप,
तेरी ही विभूति बनती है सृष्टि सदा होकर अभिशाप।
अंधकार के अट्टहास-सी मुखरित सतत चिरंतन सत्य,
छिपी सृष्टि के कण-कण में तू यह सुंदर रहस्य है नित्य।
जीवन तेरा क्षुद्र अंश है व्यक्त नील घन-माला में,
सौदामिनी-संधि-सा सुंदर क्षण भर रहा उजाला में।"

पवन पी रहा था शब्दों को निर्जनता की उखड़ी साँस,
टकराती थी, दीन प्रतिध्वनि बनी हिम-शिलाओं के पास।
धू-धू करता नाच रहा था अनस्तित्व का तांडव नृत्य,
आकर्षण-विहीन विद्युत्कण बने भारवाही थे भृत्य।
मृत्यु सदृश शीतल निराश ही आलिंगन पाती थी दृष्टि,
परमव्योम से भौतिक कण-सी घने कुहासों की थी वृष्टि।
वाष्प बना उड़ता जाता था या वह भीषण जल-संघात,
सौरचक्र में आवर्त्तन था प्रलय निशा का होता प्रात!

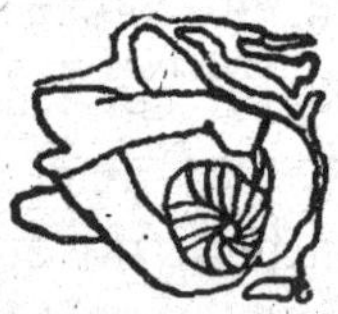

आशा

उषा सुनहले तीर बरसती जयलक्ष्मी-सी उदित हुई,
उधर पराजित कालरात्रि भी जल में अतंर्निहित हुई।
वह विवर्ण मुख त्रस्त प्रकृति का आज लगा हँसने फिर से,
वर्षा बीती, हुआ सृष्टि में शरद-विकास नये सिर से।
नव कोमल आलोक बिखरता हिम-संसृति पर भर अनुराग,
सित सरोज पर क्रीड़ा करता जैसे मधुमय पिंग पराग।
धीरे धीरे हिम-आच्छादन हटने लगा धरातल से,
जगीं वनस्पतियाँ अलसाई मुख धोती शीतल जल से।
नेत्र निमीलन करती मानो प्रकृति प्रवृद्ध लगी होने,
जलधि लहरियों की अँगड़ाई बार-बार जाती सोने।
सिंधुसेज पर धरावधू अब तनिक संकुचित बैठी-सी,
प्रलय निशा की हलचल स्मृति में मान किये सी ऐंठी-सी।
देखा मनु ने वह अतिरंजित विजन विश्व का नव एकांत,
जैसे कोलाहल सोया हो हिम-शीतल-जड़ता-सा श्रांत।
इंद्रनीलमणि महा चषक था सोम-रहित उलटा लटका,
आज पवन मृदु साँस ले रहा जैसे बीत गया खटका।
वह विराट् था हेम घोलता नया रंग भरने को आज,
'कौन?' हुआ यह प्रश्न अचानक और कुतूहल का था राज!

"विश्वदेव, सविता या पूसा, सोम, मरूत, चंचल पदमान,
वरूण आदि सब घूम रहे हैं किसके शासन में अम्लान?
किसका था भ्रू-भंग प्रलय-सा जिसमें ये सब विकल रहे,
अरे! प्रकृति के शक्ति-चिह्न ये फिर भी कितने निबल रहे!
विकल हुआ-सा काँप रहा था, सक़ल भूत चेतन समुदाय
उनकी कैसी बुरी दशा थी वे थे विवश और रिरुपाय।
देव न थे हम और न ये हैं, सब परिवर्त्तन के पुतले,
हाँ कि गर्व-रथ में तुरंग-सा जितना जो चाहे जुत ले।"

"महानील इस परम व्योम में, अतंरिक्ष में ज्योतिर्मान,
ग्रह, नक्षत्र और विद्युत्कण किसका करते-से संधान!
छिप जाते हैं और निकलते आकर्षण में खिंचे हुए,
तृण, वीरुध लहलहे हो रहे किसके रस से खिंचे हुए?
सिर नीचा कर किसकी सत्ता सब करते स्वीकार यहाँ,
सदा मौन हो प्रवचन करते जिसका, यह अस्तित्व कहाँ?
हे अनंत रमणीय! कौन तुम? यह मैं कैसे कह सकता,
कैसे हो? क्या हो? इसका तो भार विचार न सह सकता।
हे विराट्! हे विश्वदेव! तुम कुछ हो, ऐसा होता भान —
मंद्र-गंभीर-धीर-स्वर-संयुत, यही कर रहा सागर गान।"

"यह क्या मधुर स्वप्न-सी झिलमिल सवग हृदय गें अधिक अधीर,
व्याकुलता सी व्यक्त हो रही आशा बनकर प्राण समीर!
यह कितनी स्पृहणीय बन गई मधुर जागरण-सी छविमान,
स्मिति की लहरों-सी उठती है नाच रही ज्यों मधुमय तान।
जीवन! जीवन! की पुकार है खेल रहा है शीतल-दाह
किसके चरणों में नत होता तब प्रभात का शुभ उत्साह।

मैं हूँ, यह वरदान सदृश क्यों लगा गूँजने कानों में!
मैं भी कहने लगा, 'मैं रहूँ' शाश्वत नभ के गानों में।
यह संकेत कर रही सत्ता किसकी सरल विकास-मयी,
जीवन की लालसा आज़ क्यों इतनी प्रखर विलास-मयी?
तो फिर क्या मैं जिऊँ और भी — जीकर क्या करना होगा?
देव! बता दो, अमर-वेदना लेकर कब मरना होगा?"

एक यवनिका हटी, पवन से प्रेरित मायापट जैसी।
और आवरण-मुक्त प्रकृति थी हरी-भरी फिर भी वैसी।
स्वर्ण शालियों की कलमें थीं दूर-दूर तक फै ल रहीं,
शरद-इंदिरा के मंदिर को मानो कोई गै ल रहीं।

विश्व-कल्पना-सा ऊँचा वह सुख-शीतल-संतोष-निदान,
और डूबती-सी अचला का अवलंबन, मणि-रत्न-निधान।
अचल हिमालय का शोभनतम लता-कलित शुचि सानु-शरीर,
निद्रा में सुख-स्वप्न देखता जैसे पुलकित हुआ अधीर।
उमड़ रही जिसके चरणों में नीरवता की विमल विभूति,
शीतल झरनों की धारायें बिखराती जीवन-अनुभूति!
उस असीम नीले अंचल में देख किसी की मृदु मुस्कान,
मानो हँसी हिमालय की है फूट चली करती कल गान।
शिला-संधियों में टकरा कर पवन भर रहा था गुँजार,
उस दुर्भेद्य अचल दृढ़ता का करता चरण-सदृश प्रचार।
संध्या-घनमाला की सुंदर ओढ़े रंग-बिरंगी छींट,
गगन-चुंबिनी शैल-श्रेणियाँ पहने हुए तुषार-किरीट।
विश्व-मौन, गौरव, महत्त्व की प्रतिनिधियों से भरी विभा,
इस अनंत प्रांगण में मानो जोड़ रही है मौन सभा।

वह अनंत नीलिमा व्योम की जड़ता-सी जो शाँत रही।
दूर-दूर ऊँचे से ऊँचे निज अभाव में भ्राँत रही।
उसे दिखाती जगती का सुख, हँसी, और उल्लास अजान,
मानो तुंग-तरंत विश्व की हिमगिरि की वह सुढर उठान।

थी अनंत की गोद सदृश जो विस्तृत गुहा कहाँ रमणीय,
उसमें मनु ने स्थान बनाया सुंदर स्वच्छ और वरणीय।
पहला संचित अग्नि जल रहा पास मलिन-द्युति रवि-कर से,
शक्ति और जागरण-चिन्ह-सा लगा धधकने अब फिर से।
जलने लगा निरंतर उनका अग्निहोत्र सागर के तीर,
मनु ने तप से जीवन अपना किया समर्पण हो कर धीर।
सजग हुई फिर से सुर-संस्कृति देव-यजन की वर माया,
उन पर लगी डालने अपनी कर्ममयी शीतल छाया।

उठे स्वस्थ मनु क्यों उठता है क्षितिज बीच अरुणोदय कांत,
लगे देखने लुब्ध नयन से प्रकृति-विभूति मनोहर शांत।
पाकयज्ञ करना निश्चित कर लगे शालियों को चुनने,
उधर वह्नि-ज्वाला भी अपना लगी धूम-पट थी बुनने।
शुष्क डालियों से वृक्षों की अग्नि-अर्चियाँ हुई समिद्ध,
आहुति के नव धूमगंध से नभ-कानन हो गया समृद्ध।
और सोचकर अपने मन में "जैसे हम हैं बचे हुए —
क्या आश्चर्य और कोई हो जीवन-लीला रचे हुए,"
अग्निहोत्र-अवशिष्ट अन्न कुछ कहीं दूर रख आते थे,
होगा इससे तृप्त अपरिचित समझ सहज सुख पाते थे।
दुख का गहन पाठ पढ़कर अब सहानुभूति समझते थे,
नीरवता की गहराई में मग्न अकेले रहते थे।

मनन किया करते वे बैठे ज्वलित अग्नि के पास वहाँ
एक सजीव, तपस्या जैसे पतझड़ में कर वास रहा।[1]
फिर भी धड़कन कभी हृदय में होती चिंता कभी नवीन,
यों ही लगा बीतने उनका जीवन अस्थिर दिन-दिन दीन।
प्रश्न उपस्थित नित्य नये थे अंधकार की माया में,
रंग बदलते जो पल-पल में उस विराट् की छाया में।
अर्ध प्रस्फुटित उत्तर मिलते प्रकृति सकर्मक रही समस्त,
निज अस्तित्व बना रखने में जीवन आज हुआ व्यस्त।
तप में निरत हुए मनु, नियमित कर्म लगे अपना करने,
विश्वरंग में कर्मजाल के सूत्र लगे घन हो घिरने।
उस एकांत नियति-शासन से चले विवश धीरे-धीरे,
एक शांत स्पंदन लहरों का होता ज्यों सागर-तीरे।

विजन जगत की तंद्रा में तब, चलता था सूना सपना,
ग्रह-पथ के आलोक-वृत्त से काल जाल तनता अपना।
प्रहर, दिवस, रजनी आती थी चल जाती संदेश-विहीन,
एक विरागपूर्ण संसृति में ज्यों निष्फल आंरभ नवीन।
धवल, मनोहर चंद्रबिंब से अंकित सुंदर स्वच्छ निशीथ,
जिसमें शीतल पवन गा रहा पुलकित हो पावन उद्गीथ।
नीचे दूर-दूर विस्तृत था उर्मिल सागर व्यथित अधीर,
अंतरिक्ष में व्यस्त उसी-सा रहा चंद्रिका-निधि गंभीर।

खुलीं उसी रमणीय दृश्य में अलस चेतना की आँखें,
हृदय-कुसुम की खिलीं अचानक मधु से वे भीगी पाँखे।
व्यक्त नील में चल प्रकाश का कंपन सुख बन बजता था,

1. एक सजीव तपस्या का मानो पतझड़ में राज्य रहा (पाण्डुलिपि)

एक अतींद्रिय स्वप्नलोक का मधुर रहस्य उलझता था।
तब हो जगी अनादि वासना मधुर प्राकृतिक भूख-समान,
चिर-परिचित-सा चाह रहा था द्वंद्व सुखद करके अनुमान।
दिवा रात्रि या — मित्र वरुण की बाला का अक्षय श्रृंगार,
मिलन लगा हँसने जीवन के उर्मिल सागर के उस पार।
तप से संयम का संचित बल, तृषित और व्याकुल था आज
अट्टहास कर उठा रिक्त का वह अधीरतम — सूना राज।
धीर-समीर-सरस से पुलकित विकल हो चला श्रांत शरीर,
आशा की उलझी अलकों से उठी लहर मधुगंध अधीर।
मनु का मन था विकल हो उठा संवेदन से खाकर चोट,
संवेदन! जीवन जगती को जो कटुता से देता चोट।

"आह! कल्पना का सुंदर यह जगत मधुर कितना होता!
सुख-स्वप्नों का दल छाया में पुलकित हो जगता-सोता।
संवेदन का और हृदय का यह संघर्ष न हो सकता,
फिर अभाव असफलताओं की गाथा कौन कहाँ बकता!
कब क़ब और अकेले? कह दो हे मेरे जीवन बोलो?
किसे सुनाऊँ कथा — कहो मत, अपनी निधि न व्यर्थ खोलो।"

"तम के सुंदरतम रहस्य, है कांति-किरण-रंजित तारा!
व्यथित विश्व के सात्विक-शीतल बिंदु, भरे नव रस सारा।
आतप-तापित जीवन-सुख की शांतिमयी छाया के देश,
हे अनंत की गणना! देते तुम कितना मधुमय संदेश!
आह शून्यते! चुप होने में तू क्यों इतनी चतुर हुई?
इंद्रजाल-जननी! रजनी तू क्यों अब इतनी मधुर हुई?"

"जब कामना सिंधु तट आई ले संध्या का तारा-दीप,
फाड़ सुनहली साड़ी उसकी तू हँसती क्यों अरी प्रतीप?
इस अनंत काले शासन का वह जब उच्छृंखल इतिहास,
आँसू औ' तम घोल लिख रही तू सहसा करती मृदु हास।
विश्व कमल की मृदुल मधुकरी रंजनी तू किस कोने से
— आती चूम-चूम चल जाती पदी हुई किस कोने से।
किस दिंगत रेखा में इतनी संचित कर सिसकी-सी साँस,
यों समीर मिस हाँफ रही-सी चली जा रही किसके पास।
विकल खिलखिलाती है क्यों तू? इतनी हँसी न व्यर्थ बिखेर,
तुहिन कणों, फेनिल लहरों में, मच जावेगी फिर अधेर।
घूँघट उठा देख मुसक्याती किसे ठिठकती-सी आती,
विजन गगन में किसी भूल-सी किसको स्मृति-पथ में लाती।
रजत-कुसुम के नव पराग-सी उड़ा न दे तू इतनी धूल —
इस ज्योत्सना की, अरी बाबली तू इसमें जावेगी भूल।
पगली! हाँ सम्हाल ले, कैसे छूट पड़ा तेरा अंचल?
देख; बिखरती है मणिराजी — अरी उठा बेसुध चंचल।
फटा हुआ था नील वसन क्या ओ यौवन की मतवाली!
देख, अकिंचन जगत लूटता तेरी छवि भोली-भाली!
ऐसे अतुल अंनत विभव में जाग पड़ा क्यों तीव्र विराग?
या भूली-सी खोज रही कुछ जीवन की छाती के दाग।"

"मैं भी भूल गया हूँ कुछ हाँ स्मरण नहीं होता, क्या था?
प्रेम, वेदना, भ्रांति या कि क्या? मन जिसमें सुख सोता था!
मिले कहीं वह पड़ा अचानक उसको भी न लुटा देना,
देख तुझे भी दूँगा तेरा भाग, न उसे भुला देना!"

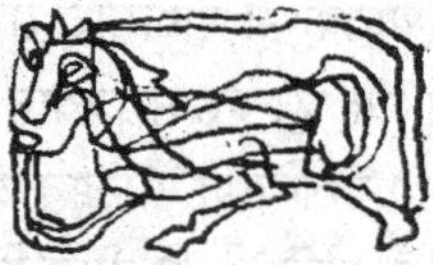

श्रद्धा

"कौन तुम? संसृति-जलनिधि तीर-तरंगों से फेंकी मणि एक,
कर रहे निर्जन का चुपचाप प्रभा की धारा से अभिषेक?
मधुर विश्रांत और एकांत — जगत का सुलझा हुआ रहस्य,
एक करुणामय सुंदर मौन और चंचल मन का आलस्य!"

सुना यह मनु ने मधु गुंजार मधुकरी का-सा जब सानंद,
किये मुख नीचा कमल समान प्रथम कवि का ज्यों सुंदर छंद,
एक झिटका-सा लगा सहर्ष, निरखने लगे लुटे-से, कौन —
गा रहा यह सुंदर संगीत? कुतूहल रह न सका फिर मौन।
और देखा वह सुंदर दृश्य नयन का इद्रंजाल अभिराम,
कुसुम-वैभव में लता समान चंद्रिका से लिपटा घनश्याम।
हृदय की अनुकृति बाह्य उदार एक लंबी काया, उन्मुक्त,
मधु-पवन-क्रीड़ित ज्यों शिशु साल, सुशोभित हो सौरभ-संयुक्त।
मसृण, गांधार देश के नील रोम वाले मेषों के चर्म,
ढँक रहे थे उसका वपु कांत बन रहा था वह कोमल वर्म।
नील परिधान बीच सुकुमार खुल रहा मृदुल अधखुला अंग,
खिला हो ज्यों बिजलो का फूल मेधवन बीच गुलाबी रंग।
आह वह मुख! पश्चिम के व्योम बीच जब घिरते हों घनश्याम,
अरुण रवि-मंडल उनको भेद दिखाई देता हो छविधाम।

या कि, नव इंद्रनील लघु शृंग फोड़ कर धधक रही हो कांत —
एक लघु ज्वालामुखी अचेत माधवी रजनी में अश्रांत।
घिर रहे थे घुँघराले बाल अंस अवलंबित मुख के पास,
नील घनशावक-से सुकुमार सुधा भरने को विधु के पास।
और, उस मुख पर वह मुसक्यान! रक्त किसलय पर ले विश्राम
अरुण की एक किरण अम्लान अधिक अलसाई हो अभिराम।
नित्य-यौवन छवि से ही दीप्त विश्व की करुणा कामना मूर्ति,
स्पर्श के आकर्षण से पूर्ण प्रकट करती ज्यों जड़ में स्फूर्ति।
उषा की पहिली लेखा कांत, माधुरी से भीगी भर मोद,
मद भरी जैसे उठे सलज्ज भोर की ताक-द्युति की गोद।
कुसुम कानन अंचल में मंद — पवन प्रेरित सौरभ साकार,
रचित-परमाणु-पराग-शरीर खड़ा हो, ले मधु का आधार।
और, पड़ती हो उस पर शुभ्र नवल मधु-राका मन की साध,
हँसी का मदविह्वल प्रतिबिंब मधुरिमा खेला सदृश अबाध!

कहा मनु ने "नभ धरणी बीच बना जीवन रहस्य निरूपाय,
एक उल्का-सा जलता भ्रांत, शून्य में फिरता हूँ असहाय।
शैल निर्झर न बना हतभाग्य, गल नहीं सका जो कि हिम-खंड,
दौड़ कर मिला न जलनिधि-अंक आह वैसा ही हूँ पाषंड।
पहेली-सा जीवन है व्यस्त, उसे सुलझाने का अभिमान।
बताता है विस्मृति का मार्ग चल रहा हूँ बनकर अनजान,
भूलता ही जाता दिन राह सजल अलावा कलित अतीत।
बढ़ रहा तिमिर-गर्भ में नित्य, दीन जीवन का यह संगीत।
क्या कहूँ, क्या हूँ मैं उद्भ्रांत? विवर में नील गगन के आज!
वायु की भटकी एक तरंग, शून्यता का उजड़ा-सा राज।
एक विस्मृति का स्तूप अचेत, ज्योति का धुँधला-सा प्रतिबिंब;

और जड़ता की जीवन-राशि सफलता का संकलित विलंब।"
"कौन हो तुम बंसत के दूत विरस पतझड़ में अति सुकुमार!
धन-तिमिर में चपला की रेख, तपन में शीतल मंद वयार।
नखत की आशा-किरण समान, हृदय के कोमल कवि की कांत —
कल्पना की लघु लहरी दिव्य, कर रही मानस-हलचल शांत !"

लगा कहने आगंतुक व्यक्ति मिटाता उत्कंठा सविशेष, दे
रहा हो कोकिल सानंद सुमन को ज्यों मधुमय संदेश: —

"भरा था मन में नव उत्साह सीख लूँ ललित कला का ज्ञान,
इधर रही गंधर्वों के देश, पिता की हूँ प्यारी संतान।
घूमने का मेरा अभ्यास बढ़ा था मुक्त-व्योम-तल नित्य,
कुतूहल खोज रहा था, व्यस्त[1] हृदय-सत्ता का सुंदर सत्य।
दृष्टि जब जाती हिमगिरी ओर प्रश्न करता मन अधिक अधीर,
धरा की यह सिकुड़न भयभीत आह, कैसी है? क्या है पीर?
मधुरिमा में अपनी ही मौन एक सोया संदेश महान,
सजग हो करता था संकेत, चेतना मचल उठी अनजान।
बढ़ा मन और चले ये पैर, शैल — मालाओं का शृंगार,
आँख की भूख मिटी यह देख आह कितना सुंदर संभार!
एक दिन सहसा सिंधु अपार लगा टकराने नग तल क्षुब्ध,
अकेला यह जीवन निरुपाय आज तक घूम रहा विश्रब्ध।
यहाँ देखा कुछ बलि का अन्न, भूत-हित-रत किराका यह दान!
इधर कोई है अभी सजीव, हुआ ऐसा मन में अनुमान।
तपस्वी! क्यों इतने हो क्लांत? वेदना का यह कैसा वेग?
आह! तुम कितने अधिक हताश — बताओ यह कैसा उद्वेग!

1. व्यस्त=छिन्न: द्रष्टव्य — वृत्रो अशयद्व्यस्तः — ऋग्वेद 1–2–7
सायण ने भी व्यस्त के भाष्य में कहा है "व्यस्तःविविधं क्षिप्तं"।

हृदय में क्या है नहीं अधीर — लालसा जीवन की निश्शेष?
कर रहा वंचित कहीं न त्याग तुम्हें, मन में धर सुंदर वेश!

दुःख के डर से तुम अज्ञात जटिलताओं का कर अनुमान,
काम से झिझक रहे हो आज, भविष्यत् से बन कर अनजान!
कर रही लीलामय आनंद — महाचिति सजग हुई-सी व्यक्त,
विश्व का उन्मीलन अभिराम — इसी में, सब होते अनुरक्त।
काम-मंगल से मंडित श्रेय, सर्ग इच्छा का है परिणाम,
तिरस्कृत कर उसको तुम भूल बनाते हो असफल भवधाम।"

"दुःख की पिछली रजनी बीच विकसता सुख का नवल प्रभात,
एक परदा यह झीना नील छिपाये है जिसमें सुख गात।
जिसे तुम समझे हो अभिशाप, जगत की ज्वालाओं का मूल
ईश का वह रहस्य वरदान, कभी मत इसको जाओ भूल।
विषमता की पीड़ा से व्यक्त हो रहा स्पंदित विश्व महान,
यही दुख-सुख, विकास का सत्य यही भूमा का मधुमय दान।
नित्य समरसता का अधिकार उमड़ता कारण-जलधि समान,
व्यथा से नीली लहरों बीच बिखरते सुख-मणिगण द्युतिमान।"

लगे कहने मनु सहित विषादः — "मधुर मारुत्-से ये उच्छ्वास
अधिक उत्साह तरंग अबाध उठाते मानस में सविलास।
किंतु जीवन कितना निरूपाय! लिया है देख, नहीं संदेह,
निराशा है जिसका परिणाम, सफलता का वह कल्पित गेह।"

कहा आगंतुक ने सस्नेहः — "अरे, तुम इतने हुए अधीर!
हार बैठे जीवन का दाँव, जीतते मर कर जिसको वीर।

तप नहीं केवल जीवन-सत्य करुण यह क्षणिक दीन अवसाद,
तरल आकांक्षा से है भरा — सो रहा आशा का आह्लाद।
प्रकृति के यौवन का शृंगार करेंगें कभी न बासी फूल,
मिलेंगे वे जाकर अति शीघ्र आह उत्सुक है उनकी धूल।
पुरातनता का यह निर्मोक सहन करती न प्रकृति पल एक,
नित्य नूतनता का आंनद किये है परिवर्त्तन में टेक।
युगों की चट्टानों पर सृष्टि डाल पद-चिह्न चली गंभीर,
देव, गंधर्व, असुर की पंक्ति अनुसरण करती उसे अधीर।"

"एक तुम, यह विस्तृत भू-खंड प्रकृति वैभव से भरा अमंद,
कर्म का भोग, भोग का कर्म, यही जड़ का चेतन — आनन्द।
अकेले तुम कैसे असहाय यजन कर सकते? तुच्छ विचार।
तपस्वी! आकर्षण से हीन कर सके नहीं आत्म-विस्तार।
दब रहे हो अपने ही बोझ खोजते भी न कहीं अवलंब,
तुम्हारा सहचर बन कर क्या न उऋण होऊँ मैं बिना विलंब?
समर्पण लो — सेवा का सार, सजल-संसृति का यह पतवार,
आज से यह जीवन उत्सर्ग इसी पद-तल में विगत-विकार।
दया, माया, ममता लो आज, मधुरिमा लो, अगाध विश्वास,
हमारा हृदय-रत्न-निधि स्वच्छ तुम्हारे लिए खुला है पास।
बनो संसृति के मूल रहस्य, तुम्हीं से फैलेगी वह बेल,
विश्व-भर सौरभ से भर जाय सुमन के खेलो सुंदर खेल।"

"और यह क्या तुम सुनते नहीं विधाता का मंगल वरदान —
'शक्तिशाली हो, विजयी बनो' विश्व में गूँज रहा जय-गान।
डरो मत, अरे अमृत संतान! अग्रसर है मंगलमय वृद्धि,
पूर्ण आकर्षण जीवन केंद्र खिंची आवेगी सकल समृद्धि।

देव-असफलताओं का ध्वंस प्रचुर उपकरण जुटाकर आज,
पड़ा है बन मानव-सम्पत्ति पूर्ण हो मन का चेतन-राज।
चेतना का सुंदर इतिहास — अखिल मानव भावों का सत्य,
विश्व के हृदय-पटल पर दिव्य-अक्षरों से अंकित हो नित्य।
विधाता की कल्याणी सृष्टि, सफल हो इस भूतल पर पूर्ण,
पटें सागर, बिखरें ग्रह पुंज और ज्वालामुखियाँ हों चूर्ण।
उन्हें चिनगारी सदृश सदर्प कुचलती रहे खड़ी सानंद,
आज से मानवता की कीर्ति अनिल, भू, जल में रहे न बंद।
जलधि के फूटें कितने उत्स — द्वीप-कच्छप डूबें-उतरायें,
किन्तु वह खड़ी रहे दृढ़-मूर्ति अभ्युदय का कर रही उपाय।
विश्व की दुर्बलता बल बने, पराजय का बढ़ता व्यापार —
हँसाता रहे उसे सविलास शक्ति का क्रीड़ामय संचार।
शक्ति के विद्युत्कण जो व्यस्त[1] विकल बिखरे हैं, हो निरुपाय,
समन्वय उसका करे समस्त विजयिनी मानवता हो जाय!"

---

1. देखिये — पाद टिप्पणी पृष्ठ 23

काम

“मधुमय वसंत जीवन-वन के, वह अंतरिक्ष की लहरों में,
कब आये थे तुम चुपके से रजनी के पिछले पहरों में?
क्या तुम्हें देख कर आते यों मतवाली कोयल बोली थी?
उस नीरवता में अलसाई कलियों ने आँखें खोली थी?
जब लीला से तुम सीख रहे कोरक-कोने में लुक रहना,
तब शिथिल सुरभि से धरणी में बिछलन न हुई थी? सच कहना!
जब लिखते थे तुम सरस हँसी अपनी, फूलों के अंचल में,
अपना कलकंठ मिलाते थे झरनों के कोमल कल-कल में।
निश्चिंत आह! वह था कितना, उल्लास, काकली के स्वर में!
आनंद प्रतिध्वनि गूँज रही जीवन दिगंत के अंबर में!
शिशु चित्रकार! चंचलता में, कितनी आशा चित्रित करते!
अस्पष्ट एक लिपि ज्योतिमयी — जीवन की आँखों में भरते।
लतिका घूँघट से चितवन की वह कुसुम-दुग्ध-सी मधु-धारा,
प्लावित करती-मन-अजिर रहीं — था तुच्छ विश्व-वैभव सारा।
वे फूल और वह हँसी रही वह सौरभ, वह निश्वास छना,
वह कलरव, वह संगीत अरे वह कोलाहल एकांत बना!”

कहते-कहते कुछ सोच रहें लेकर निश्वास निराशा की —
मनु अपने मन की बात, रुकी फिर भी न प्रगति अभिलाषा की।

"ओ नील आवरण जगती के! दुर्बोध न तू ही है इतना,
अवगुंठन होता आँखों का आलोक रूप बनता जितना।
चल-चक्र वरुण का ज्योतिभरा व्याकुल तू क्यों देता फेरी?
तारों के फूल बिखरते हैं लुटती है असफलता तेरी।
नव नील कुंज हैं झीम रहे कुसुमों की कथा न बंद हुई,
है अंतरिक्ष आमोद भरा हिम-कणिका ही मकरंद हुई।
इस इंदीवर से गंध भरी बुनती जाली मधु की धारा,
मन-मधुकर की अनुरागमयी बन रहीं मोहिनी-सी कारा।
अणुओं को है विश्राम कहाँ यह कृतिमय वेग भरा कितना!
अविराम नाचता कंपन है, उल्लास सजीव हुआ कितना!
उन नृत्य-शिथिल-निश्वासों की कितनी है मोहमयी माया?
जिनसे समीर छनता-छनता बनता है प्राणों की छाया।
आकाश-रंध्र हैं पूरित-से यह सृष्टि गहन-सी होती है;
आलोक सभी मूर्च्छित सोते यह आँख थकी-सी रोती है।
सौंदर्य्यमयी चंचल कृतियां बनकर रहस्य हैं नाच रहीं,
मेरी आँखों को रोक वहीं आगे बढने में जाँच रहीं।
मैं देख रहा हूँ जो कुछ भी वह सब क्या छाया उलझन है?
सुंदरता के इस परदे में क्या अन्य धरा कोई धन है?
मेरी अक्षय निधि! तुम क्या हो पहचान सकूँगा क्या न तुम्हें?
उलझन प्राणों के धागों की सुलझन का समझूं मान तुम्हें।
माधवी निशा की अलसाई अलकों में लुकते तारा-सी,
क्या हो सूने मरु-अंचल में अंतःसलिला की धारा-सी!
श्रुतियों में चुपके-चुपके से कोई मधु-धारा घोल रहा,
इस नीरवता के परदे में जैसे कोई कुछ बोल रहा।
है स्पर्श मलय के झिलमिल-सा संज्ञा को और सुलाता है,
पुलकित हो आँखें बंद किये तंद्रा को पास बुलाता है।

व्रीड़ा है यह चंचल कितनी विभ्रम से घूँघट खींच रही,
छिपने पर स्वयं मृदुल कर से क्यों मेरी आँखे मींच रही?
उद्‌बुद्ध क्षितिज की श्याम छटा इस उदित शुक्र की छाया में,
ऊषा-सा कौन रहस्य लिय सोती किरनों की काया में!
उठती है किरनों के ऊपर कोमल किसलय की छाजन-सी,
स्वर का मधु-निस्वन रंध्रों में — जैसे कुछ दूर बजे बंसी।
सब कहते हैं — 'खोलो खोलो, छवि देखूँगा जीवन धन की,
आवरण स्वयं बनते जाते हैं भीड़ लग रही दर्शन की।
चाँदनी सदृश खुल जाय कहीं अवगुंठन आज सेवरता-सा,
जिसमें अनंत कल्लोल भरा लहरों में मस्त विचरता सा —
अपना फेनिल फन पटक रहा मणियों का जाल लुटाता-सा
उन्निद्र दिखाई देता हो उन्मत्त हुआ कुछ गाता-सा।"

"जो कुछ हो, मैं न सम्हालूँगा इस मधुर भार को जीवन के,
आने दो कितनी आती हैं बाधायें दम — संयम बन के।
नक्षत्रो, तुम क्या देखोगे — इस ऊषा की लाली क्या है?
संकल्प भरा रहा है उनमें संदेहों की जाली क्या है?
कौशल यह कोमल कितना है सुषमा दुर्भेद्य बनेगी क्या?
चेतना इंद्रियों की मेरी, मेरी ही हार बनेगी क्या?"

"पीता हूँ, हाँ, में पीता हूँ — यह स्पर्श, रूप, रस, गंध भरा
मधु, लहरों के टकराने से ध्वनि में है क्या गुंजार भरा।
तारा बनकर यह बिखर रहा क्यों स्वप्नों का उन्माद अरे!
मादकता-माती नींद लिये सोऊँ मन में अवसाद भरे।
चेतना शिथिल-सी होती है उन अन्धकार की लहरों में"
मनु डूब चले धीरे-धीरे रजनी के पिछले पहरों में।

उस दूर क्षितिज में सृष्टि बनी स्मृतियों की संचित छाया से,
इस मन को है विश्राम कहाँ! चंचल यह अपनी माया से।
जागरण-लोक था भूल चला स्वप्नों का सुख-संचार हुआ,
कौतुक सा बन मनु के मन का वह सुन्दर क्रीड़ागार हुआ।
था व्यक्ति सोचता आलस में चेतना सजग रहती दुहरी,
कानों के कान खोल करके सुनती थी कोई ध्वनि गहरीः —

"प्यासा हूँ, मैं अब भी प्यासा संतुष्ट ओध से मैं न हुआ,
आया फिर भी वह चला गया तृष्णा को तनिक न चैन हुआ।
देवों की सृष्टि विलिन हुई अनुशीलन में अनुदिन मेरे,
मेरा अतिचार न बंद हुआ उन्मत्त रहा सबको घेरे।
मेरी उपासना करते वे मेरा संकेत विषान बना,
विस्तृत जो मोह रहा मेरा वह देव-विलास-वितान तना।
मैं काम, रहा सहचर उनका उनके विनोद का साधन था,
हँसता था और हँसाता था उनका मैं कृतिमय जीवन था।
जो आकर्षण बन हँसती थी रति थी अनादि-वासना वही,
अव्यक्त-प्रकृति-उन्मीलन के अंतर में उसकी चाह रही।
हम दोनों का अस्तित्व रहा उस आरंभिक आवर्त्तन-सा,
जिससे संसृति का बनता है आकार रूप के वर्त्तन-सा।
उस प्रकृति-लता के यौवन में उस पुष्पवती के माधव का —
मधु-हास हुआ था वह पहला दो रूप मधुर जो ढाल सका।"

"वह मूल शक्ति उठ खड़ी हुई अपने आलस का त्याग किये,
परमाणु बाल सब दौड़ पड़े जिसका सुंदर अनुराग लिये।
कुंकुम का चूर्ण उड़ाते से मिलने को गले ललकते से,
अंतरिक्ष में मधु-उत्सव के विद्युत्कण मिले झलकते से।

वह आकर्षण, वह मिलन हुआ प्रारंभ माधुरी छाया में,
जिसको कहते सब सृष्टि, बनी मतवाली माया में।
प्रत्येक नाश-विश्लेषण भी, संश्लिष्ट हुए, बन सृष्टि रही,
ऋतुपति के घर कुसुमोत्सव था — मादक मरंद की वृष्टि रही।
भुज-लता पड़ी सरिताओं की शैलों के गले सनाथ हुए,
जलनिधि का अंचल व्यजन बना धरणी का दो-दो साथ हुए।
कोरक अंकुर-सा जन्म रहा हम दोनों साथी झूल चले,
उस नवल-सर्ग के कानन में मृदु मलयानिल से फूल चले।
हम भूख-प्यास-से जाग उठे आकांक्षा-तृप्ति समन्वय में,
रति-काम बने उस रचना में जो रही नित्य-यौवन वय में।"

"सुरबालाओं की सखी रही उनकी हृत्तंत्री की लय थी
रति, उनके मन को सुलझाती वह राग-भरी थी, मधुमय थी।
मैं तृष्णा था विकसित करता, वह तृप्ति दिखती थी उनको,
आनंद-समन्वय होता था हम ले चलते पथ पर उनको।
वे अमर रहे न विनोद रहा, चेतनता रही, अनंग हुआ,
हूँ भटक रहा अस्तित्व लिये संचित का सरल प्रसंग हुआ।"

"यह नीड़ मनोहर कृतियों का यह विश्व-कर्म रंगस्थल है,
है परंपरा लग रही यहाँ ठहरा जिसमें जितना बल है।
वे कितने ऐसे होते हैं जो केवल साधन बनते हैं,
आरंभ और परिणामों के संबंध सूत्र से बुनते हैं।
ऊषा की सजल गुलाली जो धुलती है नीले अम्बर में,
वह क्या है? क्या तुम देख रहे वर्णों के मेघाडम्बर में?
अन्तर है दिन औ' रजनी का यह साधक-कर्म बिखरता है,
माया के नीले अंचल में आलोक बिन्दु-सा झरता है।"

“आरंभिक वात्या-उद्गम मैं अब प्रगति बन रहा संसृति का,
मानव की शीतल छाया में ऋणशोध करूँगा निज कृति का।
दोनों का समुचित परिवर्त्तन जीवन में शुद्ध विकास हुआ,
प्रेरणा अधिक अब स्पष्ट हुई जब विप्लव में पड़ ह्रास हुआ।
यह लीला जिसकी विकस चली वह मूलशक्ति थी प्रेम-कला,
उसका संदेश सुनाने को संसृति में आयी वह अमला।
हम दोनों की संतान वही — कितनी सुन्दर भोली-
भाली, रंगों ने जिनसे खेला हो ऐसे फूलों की वह डाली।
जड़ चेतनता की गांठ वही सुलझन है भूल सुधारों की।
वह शीतलता है शांतिमयी जीवन के उष्ण विचारों की।
“उसको पाने की इच्छा हो तो योग्य बनो” — कहती-कहती
वह ध्वनि चुपचाप हुई सहसा जैसे मुरली चुप हो रहती।
मनु आँख खोलकर पूछ रहे, “पथ कौन वहाँ पहुँचाता है?
उस ज्योतिमयी को देव! कहो कैसे कोई नर पाता है?”
पर कौन वहाँ उत्तर देता! वह स्वप्न अनोखा भंग हुआ,
देखा तो सुन्दर प्राची में अरूणोदय का रस-रंग हुआ।
उस लता-कुंज की झिल-मिल से हेमाभरश्मि थी खेल रही,
देवों के सोम-सुधा-रस की मनु के हाथों में बेल रही।

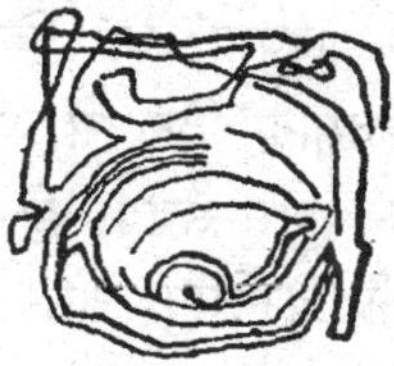

वासना

चल पड़े कब से हृदय दो, पथिक-से अश्राँत,
यहाँ मिलने के लिये, जो भटकते थे भ्रांत।
एक गृहपति, दूसरा था अतिथि विगत-विकार,
प्रश्न था यदि एक, तो उत्तर द्वितीय उदार।
एक जीवन-सिंधु था, तो वह लहर लघु लोल,
एक नवल प्रभात, तो वह स्वर्ण-किरण अमोल।
एक था आकाश वर्षा का सजल उद्दाम,
दूसरा रंजित किरण से श्री-कलित घनश्याम।
नदी-तट के क्षितिज में नव-जलद सांयकाल —
खेलता दो बिजलियों से ज्यों मधुरिमा-जाल।
लड़ रहे अविरत युगल थे चेतना के पाश,
एक सकता था न कोई दूसरे को फाँस।
था समर्पण में ग्रहण का एक सुनिहित भाव।
थी प्रगति, पर अड़ा रहता था सतत अटकाव,
चल रहा था विजन-पथ पर मधुर जीवन-खेल,
दो अपरिचित से नियति अब चाहती थी मेल।
नित्य परिचित हो रहे तब भी रहा कुछ शेष,
गूढ़ अंतर का छिपा रहता रहस्य विशेष।

दूर, जैसे सघन वन-पथ-अंत का आलोक —
सतत होता जा रहा हो, नयन की गति रोक।
गिर रहा निस्तेज गोलक जलधि में असहाय,
घन-पटल में डूबता था किरण का समुदाय।
कर्म का अवसाद दिन से कर रहा छल-छंद,
मधुकरी का सुरस-संचय हो चला अब बंद।
उठ रही थी कालिमा धूसर क्षितिज से दीन,
भेंटता अंतिम अरूण आलोक-वैभव-हीन।
यह दरिद्र-मिलन रहा रच एक करूणा लोक,
शोक भर निर्जन निलय से बिछुड़ते थे कोक।
मनु अभी तक मनन करते थे लगाये ध्यान,
काम के संदेश से ही भर रहे थे कान।
इधर गृह में आ जुटे थे उपकरण अधिकार,
शस्य, पशु या धान्य का होने लगा संचार।
नई इच्छा खींच लाती, अतिथि का संकेत
चल रहा था सरल-शासन युक्त-सुरूचि-समेत।
देखते थे अग्निशाला से कुतूहल-युक्त,
मनु चमत्कृत निज नियति का खेल बंधन-मुक्त।

एक माया! आ रहा था पशु अतिथि के साथ
हो रहा था मोह करुणा से सजीव सनाथ।
चपल कोमल-कर रहा फिर सतत पशु के अंग,
स्नेह से करता चमर — उद्ग्रीव हो वह संग।
कभी पुलकित रोमराजी से शरीर उछाल,
भाँवरों से निज बनाता अतिथि सन्निधि जाल।

कभी निज भोले नयन से अतिथि बदन निहार,
सकल संचित-स्नेह देता दृष्टि-पथ से ढार।
और वह पुचकारने का स्नेह शवलित चाव,
मंजु ममता से मिला बन हृदय का सद्भाव।
देखते-ही-देखते दोनों पहुँच कर पास,
लगे करने सरल शोभन मधुर मुग्ध विलास।
वह विराग-विभूति ईर्षा-पवन से हो व्यस्त[1],
बिखरती थी और खुलते ज्वलन-कण जो अस्त।
किन्तु यह क्या? एक तीखी घूँट, हिचकी आह!
कौन देता है हृदय में वेदनामय डाह?

"आह यह पशु और इतना सरल सुंदर स्नेह!
पल रहे मेरे दिये जो अन्न से इस गेह।
मैं? कहाँ मैं? ले लिया करते सभी निज भाग,
और देते फेंक मेरा प्राप्य तुच्छ विराग!
अरी नीच कृतघ्नते! पिच्छल-शिला-संलग्न,
मलिन काई-सी करेगी हृदय कितने भग्न?
हृदय का राजस्व अपहृत कर अधम अपराध,
दस्यु मुझसे चाहते हैं सुख सदा निर्बाध।
विश्व में जो सरल सुन्दर हो विभूति महान,
सभी मेरी हैं, सभी करती रहे प्रतिदान।
यही तो, मैं ज्वलित वाडव-वह्नि नित्य-अशांत,
सिंधु लहरों सा करें शीतल मुझे सब शांत।"

1. देखिए — पाद टिप्पणी, पृष्ठ 23

आ गया फिर पास क्रीड़ाशील अतिथि उदार,
चपल शैशव सा मनोहर भूल का ले भार।
कहा "क्यों तुम अभी बैठे ही रहे धर ध्यान,
देखती हैं आँख कुछ, सुनते रहे कुछ कान —
मन कहीं, यह क्या हुआ है? आज कैसा रंग?"
नत हुआ फण दृप्त ईर्षा का, विलीन उमंग।
और सहलाने लगा कर-कमल कोमल कांत,
देख कर वह रूप-सुषमा मनु हुए कुछ शांत।

कहा "अतिथि! कहाँ रहे तुम किधर थे अज्ञात?
और यह सहचर तुम्हारा कर रहा ज्यों बात —
किसी सुलभ भविष्य की, क्यों आज अधिक अधीर?
मिल रहा तुमसे चिरंतन स्नेह सा गंभीर?
कौन हो तुम खींचते यों मुझे अपनी ओर!
और ललचाते स्वयं हटते उधर की ओर!
ज्योत्स्ना-निर्झर! ठहरती ही नहीं यह आँख,
तुम्हें कुछ पहचानने की खो गयी-सी साख।
कौन करूण रहस्य है तुममें छिपा छविमान?
लता-वीरुध दिया करते जिसे छायादान।
पशु कि हो पाषाण सब में नृत्य का नव छंद,
एक आलिंगन बुलाता सभा को सानंद।
राशि-राशि बिखर पड़ा है शाँत संचित प्यार,
रख रहा है उसे ढोकर दीन विश्व उधार।
देखता हूँ चकित जैसे ललित लतिका-लास,
अरुण घन की सजल छाया में दिनांत निवास —
और उसमें हो चला जैसे सहज सविलास।

मदिर माधव-यामिनी का धीर-पद-विन्यास।
आह यह जो रहा सूना पड़ा कोना दीन —
ध्वस्त मंदिर का, बसाता जिसे कोई भी न —
उसी में विश्राम माया का अचल आवास,
अरे यह सुख नींद कैसी, हो रहा हिम-हास!
वासना की मधुर छाया! स्वास्थ्य, बल, विश्राम!
हृदय की सौंदर्य्य-प्रतिमा! कौन तुम छविधाम!
कामना की किरन का जिसमें मिला हो ओज,
कौन हो तुम, इसी भूले हृदय की चिर-खोज!
कुद-मंदिर-सी हँसी ज्यों खुली सुषमा बाँट,
क्यों न वैसे ही खुला यह हृदय रुद्ध-कपाट?

कहा हँसकर "अतिथि हूँ मैं, और परिचय व्यर्थ,
तुम कभी उद्विग्न इतने थे न इसके अर्थ।
चलो, देखो वह चला आता बुलाने आज —
सरल हँसमुख विधु जलद-लघु-खंड-वाहन साज!
कालिमा धुलने लगी घुलने लगा आलोक,
इसी निभृत अनंत में बसने लगा अब लोक।
इस निशामुख की मनोहर सुधामय मुसक्यान,
देख कर सब भूल जायें दुःख के अनुमान।
देख लो, ऊँचे शिखर का व्योम-चुंबन-व्यस्त —
लोटना अंतिम किरण का और होना अस्त।
चलो तो इस कौमुदी में देख आवें आज,
प्रकृति का यह स्वप्न-शासन, साधना का राज।"

सृष्टि हँसने लगी आँखों में खिला अनुराग,
राग-रंजित चंद्रिका थी, उड़ा सुमन-पराग।
और हँसता था अतिथि मनु का पकड़कर हाथ,
चले दोनों स्वप्न-पथ में, स्नेह-संबल साथ।
देवदारु निकुंज गह्वर सब सुधा में स्नात,
सब मनाते एक उत्सव जागरण की रात।
आ रही थी मदिर भीनी माधवी की गधं,
पवन के घन घिरे पड़ते थे बने मधु-अंध।
शिथिल अलसाई पड़ी छाया निशा की कांत —
सो रही थी शिशिर कण की सेज पर विश्रांत।
उसी झुरमुट में हृदय की भावना थी भ्रांत,
जहाँ छाया सृजन करती थी कुतूहल कांत।

कहा मनु ने "तुम्हें देखा अतिथि! कितनी बार,
किंतु इतने तो न थे तुम दबे छवि के भार!
पूर्व-जन्म कहूँ कि था स्पृहणीय मधुर अतीत,
गूँजते जब मदिर घन में वासना के गीत।
भूल कर जिस दृश्य को मैं बना आज अचेत,
वही कुछ सव्रीड़, सस्मित कर रहा संकेत।
"मैं तुम्हारा हो रहा हूँ" यही सुदृढ़ विचार,
चेतना का परिधि बनता धूम चक्राकार।
मधु बरसती विधु किरन है काँपती सुकुमार?
पवन में है पुलक, मथंर चल रहा मधु-भार।
तुम समीप, अधीर, इतने आज क्यों है प्राण?
छक रहा है किस सुरभि से तृप्त होकर घ्राण।
आज क्यों संदेह होता रूठने का व्यर्थ,

क्यों मनाना चाहता-सा बन रहा असमर्थ।
धमनियों में वेदना-सा रक्त का संचार,
हृदय में है काँपती धड़कन, लिये लघु भार!
चेतना रंगीन ज्वाला परिधि में सानंद,
मानती-सी दिव्य-सुख कुछ गा रही है छंद।
अग्निकीट समान जलती है भरी उत्साह,
और जीवित है, न छाले हैं न उसमें दाह!
कौन हो तुम विश्व-माया-कुहक-सी साकार,
प्राण-सत्ता के मनोहर भेद-सी सुकुमार!
हृदय जिसकी कांत छाया में लिये निश्वास,
थके पथिक समान करता व्यजन ग्लानि विनाश।"

श्याम-नभ में मधु-किरन-सा फिर वही मृदु हास,
सिंधु की हिलकोर दक्षिण का समीर-विलास!
कुंज में गुंजरित कोई मुकुल सा अव्यक्त —
लगा कहने अतिथि, मनु थे सुन रहे अनुरक्त —
"यह अतृप्ति अधीर मन की, क्षोभयुत उन्माद,
सखे! तुमुल-तरंग-सा उच्छ्वासमय संवाद।
मत कहो, पूछो न कुछ, देखो न कैसी मौन,
विमल राका-मूर्ति बन कर स्तब्ध बैठा कौन!
विभव मतवाली प्रकृति का आवरण वह नील,
शिथिल है, जिस पर बिखरता प्रचुर मंगल खील,
राशि-राशि नखत-कुसुम की अर्चना अश्रांत
बिखरती है, तामरस सुंदर चरण के प्रांत।"

मनु निरखने लगे ज्यों-ज्यों यामिनी का रूप,
वह अनंत प्रगाढ़ छाया फैलती अपरूप,
बरसता था मदिर कण-सा स्वच्छ सतत अनंत,
मिलन का संगीत होने लगा था श्रीमंत।
छूटती चिनगारियाँ उत्तेजना उद्भ्रांत।
धधकती ज्वाला मधुर, था वक्ष विकल अशांत।
वातचक्र समान कुछ था बाँधता आवेश,
धैर्य का कुछ भी न मन के हृदय में था लेश।

कर पकड़ उन्मत्त से हो लगे कहने "आज,
देखता हूँ दूसरा कुछ मधुरिमामय साज!
वही छवि! हाँ वही जैसे! किंतु क्या यह भूल?
रही विस्मृति-सिंधु में स्मृति-नाव विकल अकूल!
जन्म-संगिनी एक थी जो कामबाला नाम —
मधुर श्रद्धा था, हमारे प्राण को विश्राम —
सतत मिलता था उसी से, अरे जिसको फूल
दिया करते अर्घ में मकरंद सुषमा-मूल
प्रलय में भी बच रहे हम फिर मिलन का मोद
रहा मिलने को बचा, सूने जगत की गोद!
ज्योत्स्ना सी निकल आई! पार कर नीहार,
प्रणय-विधु है खड़ा नभ में लिये तारकं हार!
कुटिल कुतंल से बनाती कालमाया जाल —
नीलिमा से नयन की रचती तमिस्रा माल।
नींद-सी दुर्भेद्य तम की फेंकती यह दृष्टि,
स्वप्न-सी है बिखर जाती हँसी की चल-सृष्टि।
हुई केंद्रीभूत-सी है साधना की स्फूर्ति,

दृढ़ — सकल सुकुमारता में रम्य नारी-मूर्ति।
दिवाकर दिन या परिश्रम का विकल विश्रांत,
मैं पुरुष, शिशु-सा भटकता आज तक था भ्रांत।
चंद्र की विश्राम राका बालिका-सी कांत,
विजयिनी सी दीखती तुम माधुरी-सी शांत।
पददलित-सी थकी व्रज्या ज्यों सदा आक्रांत,
शस्य-श्यामल भूमि में होती समाप्त अशांत।
आह! वैसा ही हृदय का बन रहा परिणाम,
पा रहा हूँ आज देकर तुम्हीं से निज काम।

आज ले लो चेतना का यह समर्पण दान।
विश्व-रानी! सुंदरी नारी! जगत की मान!"

धूम-लतिका-सी गगन-तरु पर न चढ़ती दीन,
दबी शिशिर-निशीथ में ज्यों ओस-भार नवीन।
झुक चली सव्रीड़ वह सुकुमारता के भार,
लद गई पाकर पुरुष का नर्ममय उपचार।
और वह नारीत्व का जो मूल मधु अनुभाव,
आज जैसे हँस रहा भीतर बढ़ाता चाव।
मधुर व्रीड़ा-मिश्र चिंता साथ ले उल्लास,
हृदय का आनंद कूजन लगा करने रास।
गिर रहीं पलकें, झुकी थी नासिका की नोक,
भ्रूलता थी कान तक चढ़ती रही बेरोक।
स्पर्श करने लगी लज्जा ललित कर्ण कपोल,
खिला पुलक कदंब सा था भरा गद्‌गद् बोल।
किन्तु बोली "क्या समर्पण आज का हे देव!

बनेगा — चिर-बंद — नारी-हृदय-हेतु — सदैव।
आह मैं दुर्बल, कहो क्या ले सकूंगी दान!
वह, जिसे उपभोग करने में विकल हो प्रान?”

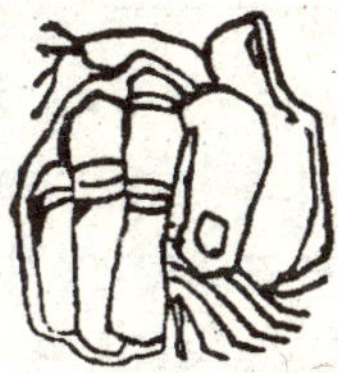

लज्जा

"कोमल किसलय के अंचल में नन्हीं कलिका ज्यों छिपती-सी,
गोधूली के धूमिल पट में दीपक के स्वर में दिपती-सी
मंजुल स्वप्नों की विस्मृति में मन का उन्माद निखरता ज्यों —
सुरभित लहरों की छाया में बुल्ले का विभव बिखरता ज्यों —
वैसी ही माया में लिपटी अधरों पर उँगली धरे हुए,
माधव के सरस कुतूहल का आंखों में पानी भरे हुए।
नीरव निशीथ में लतिका-सी तुम कौन आ रही हो बढ़ती?
कोमल बाँहें फैलाये-सी आलिंगन का जादू पढ़ती!
किन इंद्रजाल के फूलों से लेकर सुहाग-कण राग-भरे,
सिर नीचा कर हो गूँथ रही माला जिससे मधु धार ढरे?
पुलकित कदंब की माला-सी पहना देती हो अंतर में,
झुक जाती है मन की डाली अपनी फलभरता के डर में।
वरदान सदृश हो डाल रही नीली किरनों से बुना हुआ,
यह अंचल कितना हलका-सा कितना सौरभ से सना हुआ।
सब अंग मोम से बनते हैं कोमलता में बल खाती हूँ,
मैं सिमिट रही-सी अपने में परिहास-गीत सुन पाती हूँ।
स्मित बन जाती है तरल हँसी नयनों में भर कर बाँकपना,

प्रत्यक्ष देखती हूँ सब जो वह बनता जाता है सपना।
मेरे सपनों में कलरव का संसार आँख जब खोल रहा,
अनुराग समीरों पर तिरता था इतराता-सा डोल रहा।
अभिलाषा अपने यौवन में उठती उस सुख के स्वागत को,
जीवन भर के बल-वैभव से सत्कृत करती दूरागत को।
किरनों का रज्जु समेट लिया जिसका अवलंबन ले चढ़तीं,
रस के निर्झर में धँस कर मैं आनद-शिखर के प्रति बढ़ती।
छूने में हिचक, देखने में पलकें आँखों पर झुकती हैं,
कलरव परिहास भरी गूँजें अधरों तक सहसा रूकती हैं।
संकेत कर रही रोमाली चुपचाप बरजती खड़ी रही।
भाषा बन भौहों की काली रेखा-सी भ्रम में पड़ी रही
तुम कौन! हृदय की परवशता? सारी स्वतंत्रता छीन रही
स्वच्छंद सुमन जो खिले रहे जीवन-वन से हो बीन रही!"
संध्या की लाली में हँसती उसका ही आश्रय लेती-सी,
छाया प्रतिमा गुनगुना उठी श्रद्धा का उत्तर देती-सी।

"इतना न चमत्कृत हो बाले! अपने मन का उपकार करो,
मैं एक पकड़ हूँ जो कहती ठहरो कुछ सोच-विचार करो।
अंबर-चुंबी हिम-शृंगों से कलरव कोलाहल साथ लिये,
विद्युत की प्राणमयी धारा बहती जिसमें उन्माद लिये।
मंगल कुंकुम की श्री जिसमें निखरी हो ऊषा की लाली,
भोला सुहाग इठलाता हो ऐसा हो जिसमें हरियाली,
हो नयनों का कल्याण बना आनंद सुमन सा विकसा हो,
वासंती के वन-वैभव में जिसका पंचमस्वर पिक-सा हो,
जो गूंज उठे फिर नस-नस में मूर्च्छना समान मचलता-सा,
आँखों के साँचे में आकर रमणीय रूप बन ढलता-सा,

नयनों की नीलम की घाटी जिस रस घन से छा जाती हो,
वह कौंध कि जिसमें अंतर की शीतलता ठंडक पाती हो,
हिल्लोल भरा हो ऋतुपति का गोधूली की सी ममता हो,
जागरण प्रात-सा हँसता हो जिसमें मध्याह्न निखरता हो,
हो चकित निकल आई सहसा जो अपने प्राचा के घर से,
उस नवल चंद्रिका-से बिछले जो मानस की लहरों पर-से
फूलों की कोमल पंखड़ियाँ बिखरें जिसके अभिनंदन में,
मकरंद मिलाती हों अपना स्वागत के कुंकुम चंदन में,
कोमल किसलय मर्मर-रव-से जिसका जयघोष सुनाते हों,
जिसमें दुख-सुख मिलकर मन के उत्सव आनंद मनाते हों,
उज्ज्वल वरदान चेतना का सौंदर्य्य जिसे सब कहते हैं,
जिसमें अनंत अभिलाषा के सपने सब जगते रहते हैं।
मैं उसी चपल की धात्री हूँ, गौरव महिमा हूँ सिखलाती,
ठोकर जो लगने वाली है उसको धीरे से समझाती,
मैं देव-सृष्टि की रति-रानी निज पंचबाण से वंचित हो,
बन आवर्जना-मूर्त्ति दीना अपनी अतृप्ति-सी संचित हो,
अवशिष्ट रह गई अनुभव में अपनी अतीत असफलता-सी,
लीला विलास की खेद-भरी अवसादमयी श्रम-दलिता-सी
मैं रति की प्रतिकृति लज्जा हूँ मैं शालीनता सिखाती हूँ,
मतवाली सुंदरता पग में नूपुर सी लिपट मनाती हूँ,
लाली बन सरल कपोलों में आँखों में अंजन सी लगती,
कुंचित अलकों सी घुंघराली मन की मरोर बनकर जगती,
चंचल किशोर सुंदरता की मैं करती रहती रखवाली,
मैं वह हलकी सी मसलन हूँ जो बनती कानों की लाली।"

"हाँ, ठीक, परंतु बताओगी मेरे जीवन का पथ क्या है?
इस निविड़ निशा में संसृति की आलोकमयी रेखा क्या है?
यह आज समझ तो पाई हूँ मैं दुर्बलता में नारी हूँ,
अवयव की सुंदर कोमलता लेकर मैं सबसे हारी हूँ,
पर मन भी क्यों इतना ढीला अपने ही होता जाता है,
घनश्याम-खंड-सी आँखों में क्यों सहसा जल भर आता है?
सर्वस्व-समर्पण करने की विश्वास-महा-तरू-छाया में,
चुपचाप पड़ी रहने की क्यों ममता जगती है माया में?
छायापथ में तारक-द्युति सी झिलमिल करने की मधु-लीला,
अभिनय करती क्यों इस मन में कोमल निरीहता श्रम-शीला?
निस्संबल होकर तिरती हूँ इस मानस की गहराई में,
चाहती नहीं जागरण की सपने की इस सुघराई में।
नारी जीवन का चित्र यही क्या? विकल रंग भर देती हो,
अस्फुट रेखा की सीमा में आकार कला को देती हो।
रूकती हूँ और ठहरती हूँ पर सोच-विचार न कर सकती,
पगली सी कोई अंतर में बैठी जैसे अनुदिन बकती।
मैं जभी तोलने का करती उपचार स्वय तुल जाती हूँ,
भुजलता फँसा कर नर-तरु से झूले सी झोंके खाती हूँ।
इस अर्पण में कुछ और नहीं केवल उत्सर्ग छलकता है,
मैं दे दूं और न फिर कुछ लूँ, इतना ही सरल झलकता है।"

"क्या कहती हो ठहरो नारी! संकल्प अश्रु-जल-से अपने —
तुम दान कर चुकी पहले ही जीवन के सोने-से सपने।
नारी! तुम केवल श्रद्धा हो विश्वास-रजत-नग पगतल में,
पीयूष-स्रोत-सी बहा करो जीवन के सुंदर समतल में।
देवों की विजय, दानवों की हारों का होता युद्ध रहा,

संघर्ष सदा उर-अंतर में जीवित रह नित्य-विरुद्ध रहा।
आँसू से भींगे अंचल पर मन का सब कुछ रखना होगा —
तुमको अपनी स्मित रेखा से यह संधिपत्र लिखना होगा।

कर्म

कर्मसूत्र-संकेत सदृश थी सोमलता तब मनु को,
चढ़ी शिंजिनी सी, खींचा फिर उसने जीवन-धनु को।
हुए अग्रसर उसी मार्ग में छुटे-तीर-से फिर वे,
यज्ञ यज्ञ की कटु पुकार से रह न सके अब थिर वे।

... ...

भरा कान में कथन काम का मन में नव अभिलाषा,
लगे सोचने मनु — अतिरंजित उमड़ रही थी आशा।
ललक रही थी ललित लालसा सोमपान की प्यासी,
जीवन के उस दीन विभव में जैसे बनी उदासी।
जीवन की अविराम साधना भर उत्साह खड़ी थी,
ज्यों प्रतिकूल पवन में तरणी गहरे लौट पड़ी थी।
श्रद्धा के उत्साह वचन, फिर काम-प्रेरणा मिल के,
भ्रांत अर्थ बन आगे आये बने ताड़ थे तिल के।
बन जाता सिद्धांत प्रथम — फिर पुष्टि हुआ करती है,
बुद्धि उसी ऋण को सबसे ले सदा भरा करती है।
मन जब निश्चित-सा कर लेता कोई मत है अपना,
बुद्धि दैव-बल से प्रमाण का सतत निरखता सपना।
पवन वही हिलकोर उठाता वही तरलता जल में।
वही प्रतिध्वनि अंतरतम की छा जाती नभ थल में।

सदा समर्थन करती उसकी तर्कशास्त्र की पीढ़ी,
"ठीक यही है सत्य! यही है उन्नति सुख की सीढ़ी।
और सत्य! यह एक शब्द तू कितना गहन हुआ है?
मेघा के क्रीड़ा-पंज़र का पाला हुआ सुआ है।
सब बातों में खोज तुम्हारी रट-सी लगी हुई है,
किन्तु स्पर्श से तर्क-करों के बनता 'छुई-मुई' है।
असुर पुरोहित उस विप्लव से बच कर भटक रहे थे,
वे किलात — आकुलि थे — जिनने कष्ट अनेक सहे थे।
देख-देख कर मनु का पशु, जो व्याकुल चंचल रहती —
उनकी आमिष-लोलुप-रसना आंखों से कुछ कहती।
"क्यों किलात! खाते खाते तृण और कहाँ तक जीऊँ,
कब तक मैं देखूँ जीवित पशु घूँट लहू का पीऊँ!
क्या कोई इसका उपाय ही नहीं कि इसको खाऊँ?
बहुत दिनो पर एक बार तो सुख की बीन बजाऊँ।'
आकुलि ने तब कहा — 'देखते नही, साथ में उसके
एक मृदुलता की, ममता की छाया रहती हँस के।
अंधकार को दूर भगाती वह आलोक किरन-सी,
मेरी माया बिंध जाती है जिससे हलके धन-सी।
तो भी चलो आज कुछ करके तब मैं स्वस्थ रहूँगा,
या जो भी आवेंगे सुख-दुख उनको सहज सहूँगा।'
— यों ही दोनों कर विचार उस कुंज द्वार पर आये,
जहाँ सोचते थे मनु बैठे मन से ध्यान लगाये!

"कर्म-यज्ञ से[1] जीवन के सपनों का स्वर्ग मिलेगा,
इसी विपिन में मानस की आशा का कुसुम खिलेगा।

---

1 — यह सर्ग पांडुलिपि में यज्ञ के नाम से अभिहित है, जो आदि संस्करण (वि० 1993) के मुद्रणादेश के समय सकारण परवितिंत हुआ है। समीपी (क्रमशः)

किंतु, बनेगा कौन पुरोहित? अब यह प्रश्न नया है
किस विधान से करूँ यज्ञ यह पथ किस ओर गया है!
श्रद्धा! पुण्य-प्राप्य है मेरी वह अनंत अभिलाषा,
फिर इस निर्जन में खोजे अब किसको मेरी आशा।

कहा असुर मित्रों ने अपना मुखं गंभीर बनाये —
'जिनके लिये यज्ञ होगा हम उनके भेजे आये।

एवं सजातीय अर्थबोध से संपन्न होकर भी ये दोनों शब्द — यज्ञ और कर्म तत्त्वतः पदार्थ व्यवहार एवं व्यापकता के स्तर पर अंतर रखते हैं। शतपथ ब्राह्मण में आया "यज्ञो वै कर्म्म" जिस प्रकार अपने अर्थ गौरव से संहिता कालीन जीवन दर्शन की झाँकी देता है वैसा ही उत्तर युग के जीवन दर्शन का परिचय गीता के — "यज्ञः कर्म समुद्भवः" से मिलता है। परविर्तित भावधारा का, भिन्न जीवन दर्शन की अभिव्यक्त का बिंब शाब्दव्यवहार से अन्वित होता है : किंतु अकालबाधित निरपेक्ष व्यापकता की दृष्टि से कर्म शब्द का महत्त्व सदैव अधिक रहा है। नवीन मानवी सृष्टि में कर्म-भाव के अधीन — अग्रसर जिस यज्ञ-परंपरा का आरंभ (उद्योग) आसन्न है उसका संकेत मनु के हाथों की सोमलता में स्पष्ट है। ऐसी दशा में प्रस्तुत होने वाले एक व्यापक भाव बोध की नाम संज्ञा बनने में कर्म शब्द ही सक्षम है — उसका वशवर्त्ती यज्ञ नहीं, जो आज कर्मकांड सापेक्ष होकर रूढ़ बन गया है। सुतराम्, यहाँ यज्ञ शब्द का सर्गनाम के रूप में व्यवहार उतना समीचीन न था। इसी स्थल पर हुए एक और परविर्तन से भी यह तथ्य संवादित है। यहाँ पांडुलिपि में "कर्म यज्ञ से" नहीं प्रत्यु "यज्ञ कर्म से" प्राप्त है। यह परविर्तन भी कर्म शब्द की व्यापकता और यज्ञ शब्द की सापेक्ष और सीमा समर्थ्य को देखकर ही मुद्रणादेश के समय व्यवस्थित हुआ है। मुद्रणादेश के समय हुए ऐसे अनेक परविर्तन हमें कवि की मौलिक दृष्टि के समीप ले जाते हैं।

यजन करोगे क्या तुम? फिर यह किसको खोज रहे हो?
अरे पुरोहित की आशा में कितने कष्ट सहे हो।
इस जगती के प्रतिनिधि जिनसे प्रकट निशीथ सवेरा —
'मित्र — वरुण' जिनकी छाया है यह आलोक-अँधेरा।
वे ही पथ-दर्शक हों सब विधि पूरी होगी मेरी,
चलो आज फिर से वेदी पर हो ज्वाला की फेरी।"

"परंपरागत कर्मों की वे कितनी सुंदर लड़ियाँ,
जीवन-साधन की उलझी हैं जिसमें सुख की घड़ियाँ,
जिनमें है प्रेरणामयी-सी संचित कितनी कृतियाँ,
पुलकभरी सुख देने वाली बन कर मादक स्मृतियाँ।
साधारण से कुछ अतिरंजित गति में मधुर त्वरा-सी
उत्सव-लीला, निर्ज़नता की जिससे कटे उदासी।
एक विशेष प्रकार कुतूहल होगा श्रद्धा को भी।"
प्रसन्नता से नाच उठा मन नूतनता का लोभी।

यज्ञ समाप्त हो चुका तो भी धधक रही थी ज्वाला,
दारुण-दृश्य! रुधिर के छींटे अस्थि-खंड की माला!
वेदी की निर्मम-प्रसन्नता, पशु की कातर वाणी,
मिलकर वातावरण बना था कोई कुत्सित प्राणी।
सोम-पात्र भी भरा धरा था पुरोडाश भी आगे,
श्रद्धा वहाँ न थी मनु के तब सुप्त भाज सब जागे।

"जिसका था उल्लास निरखना वही अलग जा बैठी,
यह सब क्यों फिर। दृप्त-वासना लगी गरजने ऐंठी।
जिसमें जीवन का संचित सुख सुंदर मूर्त्त बना है,

हृदय खोल कर कैसे उसको कहूँ कि वह अपना है।
वही प्रसन्न नहीं! रहस्य कुछ इसमें सुनिहित होगा,
आज वही पशु मर कर भी क्या सुख में बाधक होगा।
श्रद्धा रूठ गयी तो फिर क्या उसे मनाना होगा,
या वह स्वंय मान जायेगी, किस पथ जाना होगा।"
पुरोडाश के साथ सोम का पान लगे मनु करने,
लगे प्राण के रिक्त अंश को मादकता से भरने।

संध्या की धूसर छाया में शैल शृंग की रेखा,
अंकित थी दिगंत अंबर में लिये मलिन शशि-लेखा।
श्रद्धा अपनी शयन-गुहा में दुखी लौट कर आयी,
एक विरक्ति-बोझ सी ढोती मन ही मन बिलखायी।
सूखी काष्ठ संधि में पतली अनल शिखा जलती थी,
उस धुँधले गृह में आभा से, तामस को छलती थी।
किंतु कभीं बुझ जाती पाकर शीत पवन के झोंके,
कभी उसी से जल उठती तब कौन उसे फिर रोके?
कामायनी पड़ी थी अपना कोमल चर्म बिछा के,
श्रम मानो विश्राम कर रहा मृदु आलस को पा के।
धीरे धीरे जगत चल रहा अपने उस ऋजुपथ में,
धीरे धीरे खिलते तारे मृग जुतते विधुरथ में,
अंचल लटकाती निशीथिनी अपना ज्योत्स्ना-शाली,
जिसकी छाया में सुख पावे सृष्टि वेदना वाली।
उच्च शैल-शिखरों पर हँसती प्रकृति चंचल बाला,
धवल हँसी बिखराती अपना फैला मधुर उजाला।

जीवन की उद्दम लालसा उलझी जिसमें व्रीड़ा,
एक तीव्र उन्माद और मन मथने वाली पीड़ा।
मधुर विरक्ति भरी आकुलता, घिरती हृदय-गगन में,
अंतर्दाह स्नेह का तब भी होता था उस मन में।
वे असहाय नयन थे खुलते — मुँदते भीषणता में,
आज स्नेह का पात्र खड़ा था स्पष्ट कुटिल कटुता में।

"कितना दुःख जिसे मैं चाहूँ वह कुछ और बना हो,
मेरा मानस-चित्र खींचना सुंदर-सा सपना हो।
जाग उठी है दारुण-ज्वाला इस अनंत मधुबन में,
कैसे बुझे कौन कह देगा इस नीरव निर्जन में?
यह अंनत अवकाश नीड़-सा जिसका व्यथित बसेरा,
वही वेदना सजग पलक में भर कर अलस सवेरा।
काँप रहे हैं चरण पवन के, विस्तृत नीरवता सी —
धुली जा रही है दिशि-दिशि की नभ में मलिन उदासी।
अंतरतम की प्यास विकलता से लिपटी बढ़ती है,
युग-युग की असफलता का अवलंबन ले चढ़ती है।
विश्व विपुल-आंतक-त्रस्त है अपने ताप विषम-से,
फैल रही है घनी नीलिमा अंतर्दाह परम-से।
उद्वेलित है उदधि, लहरियाँ लोट रही व्याकुल सी
चक्रवाल की धुँधली रेखा मानो जाती झुलसी।
सघन धूम कुंडल में कैसी नाच रही यह ज्वाला,
तिमिर फणी पहने है मानो अपने मणि की माला!
जगती-तल का सारा क्रदंन यह विषमयी विषमता,
चुभने वाला अंतरंग छल अति दारुण निर्ममता।

जीवन के वे निष्ठुर दंशन जिनकी आतुर पीड़ा,
कलुष-चक्र सी नाच रही है बन आँखों की क्रीड़ा।
स्खलन चेतना के कौशल का भूल जिसे कहते हैं,
एक बिंदु, जिसमें विषाद के नद उमड़े रहते हैं।
आह वही अपराध, जगत की दुर्बलता की माया,
धरणी की वर्जित मादकता, संचित तम की छाया।
नील-गरल से भरा हुआ यह चंद्र-कपाल लिये हो;
इन्हीं निमीलित ताराओं में कितनी शांति पिये हो।
अखिल विश्व का विष पीते हो सृष्टि जियेगी फिर से,
कहो अमर शीतलता इतनी आती तुम्हें किधर से?
अचल अनंत नील लहरों पर बैठे आसन मारे,
देव! कौन तुम, झरते तन से श्रमकण से ये तारे!
इन चरणों में कर्म-कुसुम की अंजलि वे दे सकते,
चले आ रहे छायापथ में लोक-पथिक जो थकते,
किंतु कहाँ वह दुर्लभ उनको स्वीकृति मिली तुम्हारी!
लौटाये जाते वे असफल जैसे नित्य भिखारी!
प्रखर विनाशशील नर्त्तन में विपुल विश्व की माया,
क्षण क्षण होती प्रकट नवीना बन कर उसकी काया।
सदा पूर्णता पाने को सब भूल किया करते क्या?
जीवन में यौवन लाने को जी-जी कर मरते क्या?
यह व्यापार महा-गतिशाली कहीं नहीं बसता क्या?
क्षणिक विनाशों में स्थिरमंगल चुपके से हँसता क्या?
यह विराग संबंध हृदय का कैसी यह मानवता!
प्राणी को प्राणी के प्रति बस बची रही निर्ममता!
जीवन का संतोष अन्य का रोदन बन हँसता क्यों?
एक-एक विश्राम प्रगति को परिकर सा कसता क्यों?

दुर्व्यवहार एक का कैसे अन्य भूल जावेगा,
कौन उपाय! गरल को कैसे अमृत बना पावेगा!"
जाग उठी थी तरल वासना मिली रही मादकता,
मनु को कौन वहाँ आने से भला रोक अब सकता।
खुले मसृण भुज-मूलों से वह आमंत्रण था मिलता,
उन्नत वक्षों में आलिंगन-सुख लहरों-सा तिरता।
नीचा हो उठता जो धीमे-धीमे निश्वसों में,
जीवन का ज्यों ज्वार उठ रहा हिमकर के हासों में।
जागृत था सौंदर्य्य यदपि वह सोती थी सुकुमारी,
रूप-चंद्रिका में उज्ज्वल थी आज निशा-सी नारी।
वे मांसल परमाणु किरण से विद्युत थे बिखराते,
अलकों की डोरी में जीवन कण कण उलझे जाते।
विगत विचारों के श्रम-सीकर बने हुए थे मोती,
मुख मंडल पर करुण कल्पना उनको रही पिरोती।
छूते थे मनु और कटंकित होती थी वह बेली,
स्वस्थ-व्यथा की लहरी-सी जो अंग-लता सी फैली।
वह पागल सुख इस जगती का आज विराट बना था,
अंधकार-मिश्रित प्रकाश का एक वितान तना था।
कामायनी जगी थी कुछ-कुछ खोकर सब चेतनता,
मनोभाव आकार स्वयं ही रहा बिगड़ता बनता।
जिसके हृदय सदा समीप है वही दूर जाता है,
और क्रोध होता उस पर ही जिससे कुछ नाता है।
प्रिय को ठुकरा कर भी मन की माया उलझा लेती,
प्रणय-शिला प्रत्यावर्त्तन में उसको लौटा देती।

जलदागम-मारुत से कंपित पल्लव सदृश हथेली।
श्रद्धा की, धीरे से मनु ने अपने कर में ले ली।
अनुनय वाणी में, आँखों में उपालंभ की छाया,
कहने लगे "अरे यह कैसी मानवती की माया!
स्वर्ग बनाया है जो मैंने उसे न विफल बनाओ,
अरी अप्सरे! उस अतीत के नूतन गान सुनाओ।
इस निर्जन में ज्योत्स्ना-पुलकित विधुयुत नभ के नीचे,
केवल हम तुम, और कौन है? रहो न आँखें मींचे।
आकर्षण से भरा विश्व यह केवल भोग्य हमारा,
जीवन के दोनों कूलों में बहे वासना धारा।
श्रम की, इस अभाव की जगती उसकी सब आकुलता,
जिस क्षण भूल सकें हम अपनी यह भीषण चेतनता।
वही स्वर्ग की बन अनंतता मुसक्याता रहता है,
दो बूँदों में जीवन का रस लो बरबस बहता है।
देवों को अर्पित मधु-मिश्रित सोम अधर से छूलो,
मादकता दोला पर प्रेयसी! आओ मिलकर झूलो।"

श्रद्धा जाग रही थी तब भी छाई थी मादकता,
मधुर-भाव उसके तन-मन में अपना ही रस छकता।
बोली एक सहज मुद्रा से "यह तुम क्या कहते हो,
आज अभी तो किसी भाव की धारा में बहते हो।
कल ही यदि परिवर्तन होगा तो फिर कौन बचेगा!
क्या जाने कोई साथी बन नूतन यज्ञ रचेगा।
और किसी की फिर बलि होगी किसी देव के नाते,
कितना धोखा! उससे तो हम अपना ही सुख पाते।

ये प्राणी जो बचे हुए हैं इस अचला जगती के,
उनके कुछ अधिकार नहीं क्या वे सब ही हैं फीके?

मनु! क्या यही तुम्हारीं होगी उज्ज्वल नव मानवता।
जिसमें सब कुछ ले लेना हो हंत! बची क्या शक्ता।"

"तुच्छ नहीं है अपना सुख भी श्रद्धे! वह भी कुछ है,
दो दिन के इस जीवन का तो वही चरम सब कुछ है।
इंद्रिय की अभिलाषा जितनी सतत सफलता पावे,
जहाँ हृदय की तृप्ति-विलासिनी मधुर-मधुर कुछ गावे।
रोम-हर्ष हो उस ज्योत्स्ना में मृदु मुसक्यान खिले तो,
आशाओं पर श्वास निछावर होकर गले मिले तो।
विश्व-माधुरी जिसके सम्मुख मुकुर बनी रहती हो,
वह अपना सुख-स्वर्ग नहीं है! यह तुम क्या कहती हो?
जिसे खोजता फिरता मैं इस हिमगिरि के अंचल में,
वही अभाव स्वर्ग बन हँसता इस जीवन चंचल में।
वर्तमान जीवन के सुख से योग जहाँ होता है,
छली-अदृष्ट अभाव बना क्यों वहीं प्रकट होता है!
किंतु सकल कृतियों की अपनी सीमा हैं हम ही तो,
पूरी हो कामना हमारी, विफल प्रयास नहीं तो!"

एक अचेतनता लाती सी सविनय श्रद्धा बोली,
बचा जान यह भाव सृष्टि ने फिर से आँखें खोली!
भेद-बुद्धि निर्मम ममता की समझ, बची ही होगी,
प्रलय-पयोनिधि की लहरें भी लौट गयी ही होंगी।
अपने में सब कुछ भर कैसे व्यक्ति विकास करेगा,

यह एकांत स्वार्थ भीषण है अपना नाश करेगा।
औरों को हँसता देखो मनु — हँसो और सुख पाओ,
अपने सुख को विस्तृत कर लो सब को सुखी बनाओ!
रचना-मूलक सृष्टि-यज्ञ यह यज्ञ-पुरूष का जो है,
संसृति-सेवा भाग हमारा उसे विकसने को है!
सुख को सीमित कर अपने में केवल दुख छोड़ोगे,
इतर प्राणियों की पीड़ा लख अपना मुँह मोड़ोगे,
ये मुद्रित कलियाँ दल में सव सौरभ बंदी कर लें,
सरस न हों मकरंद बिंदु से खुल कर, तो ये मर लें —
सूखें, झड़ें और तब कुचले सौरभ को पाओगे,
फिर आमोद कहाँ से मधुमय वसुधा पर लाओगे!
सुख अपने संतोष के लिए संग्रह-मूल नहीं है,
उसमें एक प्रदर्शन जिसको देखें अन्य, वही है।
निर्जन में क्या एक अकेले तुम्हें प्रमोद मिलेगा?
नहीं इसी से अन्य हृदय का कोई सुमन खिलेगा।
सुख-समीर पाकर, चाहे हो वह एकांत तुम्हारा
बढ़ती है सीमा संसृति की बन मानवता-धारा।"

हृदय हो रहा था उत्तेजित बातें कहते कहते,
श्रद्धा के थे अधर सूखते मन की ज्वाला सहते।
उधर सोम का पात्र लिये मनु, समय देखकर बोले —
"श्रद्धे! पी लो इसे बुद्धि के बंधन को जो खोले।
वही करूँगा जो कहती हो सत्य अकेला सुख क्या!
यह मनुहार! रुकेगा प्याला पीने से फिर मुख क्या?"
आँखें प्रिय आँखों में, डूबे अरुण अधर थे रस में

हृदय काल्पनिक-विजय में सुखी चेतनता नस-नस में।
छल-वाणी की वह प्रवंचना हृदयों की शिशुता को,
खेल खिलाती, भुलवाती जो उस निर्मल विभुता को,
जीवन का उद्देश्य, लक्ष्य की प्रगति दिशा को पल में
अपने एक मधुर इंगित थे बदल सके वो छल में —
वही शक्ति अवलंब मनोहर निज मनु को थी देती,
जो अपने अभिनय से मन को सुख में उलझा लेती।

"श्रद्धे, होगी चंद्रशालिनी यह भव-रजनी भीमा,
तुम वन जाओ इस जीवन के मेरे सुख की सीमा।
लज्जा का आवरण प्राण को ढँक लेता है तम से,
उसे अकिंचन कर देता है अलगाता 'हम तुम' से।
कुचल उठा आनंद, — यही है बाधा, दूर हटाओ,
अपने ही अनुकूल सुखों को मिलने दो मिल जाओ।"

और एक फिर व्याकुल चुबन रक्त खौलता जिससे,
शीतल प्राण धधक उठते हैं तृषा-तृप्ति के मिस से।
दो काठों की संधि बीच उस निभृत गुफा में अपने,
अग्नि-शिखा बुझ गई, जागने पर जैसे सुख सपने।

ईर्ष्या

पल भर की उस चंचलता ने खो दिया हृदय का स्वाधिकार,
श्रद्धा की अब वह मधुर निशा फैलाती निष्फल अंधकार।
मनु को अब मृगया छोड़ नहीं रह गया और था अधिक काम,
लग गया रक्त था उस मुख में — हिंसा-सुख लाली से ललाम।
हिंसा ही नहीं — और भी कुछ वह खोज रहा था मन अधीर,
अपने प्रभुत्व की सुख सीमा जो बढ़ती हो अवसाद चीर।
जो कुछ मनु के करतलगत था उसमें न रहा कुछ भी नवीन,
श्रद्धा का सरल विनोद नहीं रुचता अब था बन रहा दीन।
उठती अंतस्तल से सदैव दुर्ललित लालसा जो कि कांत,
वह इंद्रचाप-सी झिलमिल हो दब जाती अपने आप शांत।

"निज़ उद्‌गम का मुख बंद किये कब तक सोयेंगे अलस प्राण,
जीवन की चिर चंचल पुकार रोये कब तक, है कहाँ त्राण।
श्रद्धा का प्रणय और उसकी आरंभिक सीधी अभिव्यक्ति,
जिसमें व्याकुल आलिंगन का अस्तित्व न तो है कुशल सूक्ति।
भावनामयी वह स्फूर्त नहीं नव-नव स्मित रेखा में विलीन,
अनुरोध न तो उल्लास, नहीं कुसुमोद्‌गम-सा कुछ भी नवीन!

आती है वाणी में न कभी वह चाव भरी लीला-हिलोर,
जिसमें नूतनता नृत्यमयी इठलाती हो चंचल मरोर।
जब देखो बैठी हुई वहीं शालियाँ बीन कर नहीं श्रांत,
या अन्न इकट्ठे करती है होती न तनिक सी कभी क्लांत।
बीजों का संग्रह और इधर चलती है तकली भरी गीत,
सब कुछ लेकर बैठी है वह, मेरा अस्तित्व हुआ अतीत।"

लौटे थे मृगया से थक कर दिखलाई पड़ता गुफा-द्वार,
पर और न आगे बढ़ने की इच्छा होती, करते विचार!
मृग डाल दिया, फिर धनु को भी, मनु बैठ गये शिथिलित
शरीर बिखरे थे सब उपकरण वहीं आयुध, प्रत्यंचा, शृंग, तीर।

"पश्चिम की रागमयी संध्या अब काली है हो चली, किंतु,
अब तक आये न अहेरी वे क्या दूर ले गया चपल जंतु" —
यों सोच रही मन में अपने हाथों में तकली रही घूम,
श्रद्धा कुछ-कुछ अनमनी चली अलकें लेती थीं गुल्फ चूम।
केतकी-गर्भ-सा पीला मुँह आँखों में आलस भरा स्नेह,
कुछ कृशता नई लजीली थी कंपित लतिका-सी लिये देह!
मातृत्व-बोझ से झुके हुए बँध रहे पयोधर पीन आज,
कोमल काले ऊनों की नवपट्टिका बनाती रुचिर साज,
सोने की सिकता में मानों कालिंदी बहती भर उसाँस।
स्वर्गंगा में इंदीवर की या एक पंक्ति कर रही हास!
कटि में लिपटा था नवल-वसन वैसा ही हलका बुना नील।
दुर्भर थी गर्भ-मधुर पीड़ा झेलती जिसे जननी सलील।
श्रम-बिंदु बना सा झलक रहा भावी जननी का सरस गर्व,
बन कुसुम बिखरते थे भू पर आया समीप था महापर्व।

मनु ने देखा जब श्रद्धा का वह सहज-खेद से भरा रूप,
अपनी इच्छा का दृढ़ विरोध, जिसमें वे भाव नहीं अनूप।
वे कुछ भी बोले नहीं, रहे चुपचाप देखते साधिकार,
श्रद्धा कुछ कुछ मुस्करा उठी ज्यों जान गई उनका विचार।
'दिन भर थे कहाँ भटकते तुम' बोली श्रद्धा भर मधुर स्नेह —
"यह हिंसा इतनी है प्यारी जो भुलवाती है देह-गेह!
मैं यहाँ अकेली देख रही पथ, सुनती-सी पद-ध्वनि नितांत,
कानन में जब तुम दौड़ रहे मृग के पीछे बन कर अशांत!
ढल गया दविस पीला पीला तुम रक्तारुण वन रहे घूम,
देखो नीड़ों में विहग-युगल अपने शिशुओं को रहे चूम!
उनके घर में कोलाहल है मेरा सूना है गुफा-द्वार!
तुमको क्या ऐसी कमी रही जिसके हित जाते अन्य-द्वार?'

"श्रद्धे तुमको कुछ कमी नहीं पर मैं तो देख रहा अभाव,
भूली-सी कोई मधुर वस्तु जैसे कर देती विकल घाव।
चिर-मुक्त-पुरुष वह कब इतने अवरुद्ध श्वास लेगा निरीह!
गतिहीन पंगु-सा पड़ा-पड़ा ढह कर जैसे बन रहा डीह।
जब जड़-बंधन-सा एक मोह कसता प्राणों का मृदु शरीर,
आकुलता और जकड़ने की तब ग्रंथि तोड़ती हो अधीर।
हँस कर बोले, बोलते हुए निकले मधु-निर्झर-ललित गान,
गानों में हो उल्लास भरा झूमे जिसमें बन मधुर प्रान।
वह आकुलता अब कहां रही जिसमें सब कुछ ही जाय भूल,
आशा के कोमल तंतु-सदृश तुम तकली में हो रही भूल।
यह क्यों, क्या मिलते नहीं तुम्हें शावक के सुंदर मृदुल चर्म?
तुम बीज बीनती क्यों? मेरा मृगया का शिथिल हुआ न कर्म।

तिस पर यह पीलापन कैसा — यह क्यों बुनने का श्रम सखेद?
यह किसके लिए, बताओ तो क्या इसमें है छिप रहा भेद?"

"अपनी रक्षा करने में जो चल जाय तुम्हारा कहीं अस्त्र,
वह तो कुछ समझ सकी हूँ मैं — हिंसक से रक्षा करे शस्त्र।
पर जो निरीह जीकर भी कुछ उपकारी होने में समर्थ,
वो क्यों न जियें, उपयोगी बन — इसका मैं समझ सकी न अर्थ।
चमड़े उनके आवरण रहें ऊनों से मेरा चले काम,
वे जीवित हों मांसल बन कर हम अमृत दुहें — वे दुग्धधाम।
वे द्रोह न करने के स्थल हैं जो पाले जा सकते सहेतु,
पशु से यदि हम कुछ ऊँचे हैं तो भव-जलनिधि में बनें सेतु।"

मैं यह तो मान नहीं सकता सुख सहज-लब्ध यों छूट जायँ,
जीवन का जो संघर्ष चले वह विफल रहे हम छले जायँ।
काली आँखों की तारा में — मैं देखूँ अपना चित्र धन्य,
मेरा मानस का मुकुर रहे प्रतिविंबित तुमसे ही अनन्य।
श्रद्धे! यह नव संकल्प नहीं — चलने का लघु जीवन अमोल,
मैं उसको निश्चय भोग चलूँ जो सुख चलदल सा रहा डोल!
देखा क्या तुमने कभी नहीं स्वर्गीय सुखों पर प्रलय-नृत्य?
फिर नाश और चिर-निद्रा है तब इतना क्यों विश्वास सत्य?
यह चिर-प्रशांत-मंगल की क्यों अभिलाषा इतनी रही जाग?
यह संचित क्यों हो रहा स्नेह किस पर इतनी हो सानुराग?
यह जीवन का वरदान — मुझे दे दो रानी — अपना दुलार,
केवल मेरी ही चिंता का तव-चित्त बहन कर रहे भार।
मेरा सुंदर विश्राम बना सृजता हो मधुमय विश्व एक,
जिसमें बहती हो मधु-धारा लहरें उठती हों एक-एक।"

"मैंने तो एक बनाया है चल कर देखो मेरा कुटीर,"
यों कह कर श्रद्धा हाथ पकड़ मनु को ले चली वहां अधीर।
उस गुफा समीप पुआलों की छाजन छोटी सी शांति-पुंज,
कोमल लतिकाओं की डालें मिल सघन बनाती जहाँ कुंज।
थे व्रातायन भी कटे हुए, — प्राचीर पर्णमय रचित शुभ्र,
आवें क्षण भर तो चल जायँ — रूक जायँ कहीं न समीर, अभ्र
उसमें था झूला पड़ा हुआ वेतसी-लता का सुरूचिपूर्ण,
बिछ रहा धरातल पर चिकना सुमनों का कोमल सुरभि-चूर्ण।
कितनी मीठी अभिलाषायें उसमें चुपके से रहीं घूम!
कितने मंगल के मधुर गान उसके कोनों को रहे चूम!

मनु देख रहे थे चकित नया यह गृहलक्ष्मी का गृह-विधान!
पर कुछ अच्छा-सा नहीं लगा 'यह क्यों? किसका सुख साभिमान?'
चुप थे पर श्रद्धा ही बोली — "देखो यह तो बन गया नीड़
पर इसमें कलरव करने को आकुल न हो रही अभी भीड़।

तुम दूर चले जाते हो जब — तब लेकर तकली, यहाँ बैठ,
मैं उसे फिराती रहती हूँ अपनी निर्जनता बीच पैठ।
मैं बैठी गाती हूँ तकली के प्रतविर्तन में स्वर विभोर —
'चल री तकली धीरे-धीरे प्रिय गये खेलने को अहोर'

जीवन का कोमल तंतु बढ़े तेरी ही मंजुलता समान,
चिर-नग्न प्राण उनमें लिपटें सुंदरता का कुछ बढ़े मान।
किरनों-सी तू बुन दे उज्ज्वल मेरे मधु-जीवन का प्रभात,
जिसमें निर्वसना प्रकृति सरल ढँक ले प्रकाश से नवल गात।

वासना भरी उन आँखों पर आवरण डाल दे कांतिमान,
जिसमें सौंदर्य्य निखर आवे लतिका में फुल्ल-कुसुम-समान।
अब वह आगंतुक गुफा बीच पशु सा न रहे निर्वसन-नग्न,
अपने अभाव की जड़ता में वह रह न सकेगा कभी मग्न।

सूना न रहेगा यह मेरा लघु-विश्व कभी जब रहोगे न,
मैं उसके लिये बिछाऊँगी फूलों के रस का मृदुल फेन।
झूले पर उसे झुलाऊंगी दुलरा कर लूँगी बदन चूम।
मेरी छाती से लिपटा इस घाटी में लेगा सहज घूम।
वह आवेगा मृदु मलयज-सा लहराता अपने मसृण बाल,
उसके अधरों से फैलेगी नवमधुमय स्मिति-लतिका-प्रवाल।
अपनी मीठी रसना से वह बोलेगा ऐसे मधुर बोल,
मेरी पीड़ा पर छिड़केगा जो कुसुम-धूलि मकरंद घोल।
मेरी आँखों का सब पानी तब बन जायेगा अमृत स्निग्ध,
उन निर्विकार नयनों में जब देखूँगी अपना चित्र मुग्ध।"

"तुम फूल उठोगी लतिका सी कंपित कर सुख सौरभ तरंग,
मैं सुरभि खोजता भटकूँगा वन वन, बन कस्तूरी कुरंग।
यह जलन नहीं सह सकता मैं चाहिये मुझे मेरा ममत्व,
इस पंचभूत की रचना में मैं रमण करूँ बन एक तत्त्व।
यह द्वैत, अरे यह द्विविधा। तो है प्रेम बाँटने का प्रकार!
भिक्षुक मैं! ना, यह कभी नहीं — मैं लौटा लूँगा निज विचार।
तुम दानशीलता से अपनी बन सजल जलद वितरो न विंदु।
इस सुख-नभ में मैं विचरूँगा बन सकल कलाधर शरद-इंदु।
भूले से कभी निहारोगी कर आकर्षणमय हास एक,
मायाविनि! मैं न उसे लूँगा वरदान समझ कर जानु टेक!

इस दीन अनुग्रह का मुझ पर तुम बोझ डालने में समर्थ
अपने को मत समझो श्रद्धे! होगा प्रयास यह सदा व्यर्थ —
तुम अपने सुख से सुखी रहो मुझको दुख पाने दो स्वतंत्र,
'मन की परवशता महा-दुख' मैं यही जपूँगा महामंत्र!
लो चला आज मैं छोड़ यहीं संचित संवेदन-भार-पुंज,
मुझको काँटे ही मिलें धन्य! हो सफल तुम्हें ही कुसुम-कुंज।"
कह, ज्वलनशील अंतर लेकर मनु चले गये, था शून्य प्रांत,
"रुक जा, सुन ले ओ निर्मोही!" वह कहती रही अधीर श्रांत!

इड़ा

"किस गहन गुहा से अति अधीर
झंझा-प्रवाह सा निकला यह जीवन विक्षुब्ध महासमीर
ले साथ विकल परमाणु-पुंज नभ, अनिल, अनल, क्षिति और नीर
भयभीत सभी को भय देता भय की उपासना में विलीन
प्राणी कटुता को बाँट रहा जगती को करता अधिक दीन
निर्माण और प्रतिपद-विनाश में दिखलाता अपनी क्षमता
संघर्ष कर रहा-सा सब से, सबसे बिराग सब पर ममता
अस्तित्व-चिरतन-धनु से कब, यह छूट पड़ा है विषम तीर
किस लक्ष्य-भेद को शून्य चीर?

देखे मैंने वे शैल-शृंग
जो अचल हिमानी से रंजित, उन्मुक्त, उपेक्षा भरे तुंग
अपने जड़-गौरव के प्रतीक वसुधा का कर अभिमान भंग
अपनी समाधि में रहे सुखी, बह जाती हैं नदियाँ अबोध
कुछ स्वेद-बिंदु उसके लेकर, वह स्तिमित-नयन गत शोक-क्रोध
स्थिर-मुक्ति, प्रतिष्ठा मैं वैसी चाहता नहीं इस जीवन की
मैं तो अबाध गति मरुत्-सदृश हूँ चाह रहा अपने मन की
जो चूम चला जाता अग-जग प्रति-पग में कंपन की तरंग
वह ज्वलनशील गतिमय पतंग।

अपनी ज्वाला से कर प्रकाश
जब छोड़ चला आया सुंदर प्रारंभिक जीवन का निवास
वन, गुहा, कुंज, मरू-अंचल में हूँ खोज रहा अपना विकास
पागल में, किस पर सदय रहा — क्या मैंने ममता ली न तोड़
किस पर उदारता से रीझा — किससे न लगा दी कड़ी होड़?
इस विजन प्रांत में बिलख रही मेरी पुकार उत्तर न मिला
लू-सा झुलसाता दौड़ रहा — कब मुझसे कोई फूल खिला?
मैं स्वप्न देखता हूँ उजड़ा — कल्पनालोक में कर निवास
देखा कब मैंने कुसुम हास!

इस दुखमय जीवन का प्रकाश
नभ-नील लता की डालों में उलझा अपने सुख से हताश!
कलियाँ जिनको मैं समझ रहा वे काँटे बिखरे आस-पास
कितना बीहड़-पथ चला और पड़ रहा कहीं थक कर नितांत
उन्मुक्त शिखर हँसते मुझ पर — रोता मैं निर्वासित अशांत
इस नियति-नटी के अति भीषण अभिनय की छाया नाँच रही
खोखली शून्यता में प्रतिपद-असफलता अधिक कुलाँच रही
पावस-रजनी में जुगुनू गण को दौड़ पकड़ता मैं निराश
उन ज्योति कणों का कर विनाश!

जीवन-निशीथ के अंधकार!
तू, नील तुहिन-जल-निधि बन कर फैला है कितना वार-पार
कितनी चेतनता की किरणें हैं डूब रहीं ये निर्विकार
कितना मादक तम निखिल भुवन भर रहा भूमिका में अभंग!
तू, मूर्त्तिमान हो छिप जाता प्रतिपल के परवित्तन अनंग
ममता की क्षीण अरुण रेखा खिलती हैं तुझमें ज्योति-कला

जैसे सुहागिनी की ऊर्मिल अलकों में कुकुमचूर्ण भरा
रे चिरनविास विश्राम प्राण के मोह-जलद-छाया उदार
मायारानी के केशभार!

जीवन-निशीथ के अंधकार!
तू घूम रहा अभिलाषा के नव ज्वलन-धूम-सा दुर्निवार
जिसमें अपूर्ण — लालसा, कसक, चिनगारी-सी उठती पुकार
यौवन मधुवन की कालिंदी बह रही चूम कर सब दिंगत
मन-शिशु की क्रीड़ा नौकायें बस दौड़ लगाती हैं अनंत
कुहुकिनि अपलक दृग के अंजन! हँसती तुझमें सुंदर छलना
धूमिल रेखाओं से सजीव चंचल चित्रों की नव-कलना
इस चिर प्रवास श्यामल पथ में छायी पिक प्राणों की पुकार —
बन नील प्रतिध्वनि नभ अपार!

यह उजड़ा सूना नगर-प्रांत
जिसमें सुख-दुख की परिभाषा विध्वस्त शिल्प-सी हो नितांत
निज विकृत वक्र रेखाओं से, प्राणी का भाग्य बनी अशांत
कितनी सुखमय स्मृतियाँ, अपूर्ण रूचि बन कर मँडराती विकीर्ण
इन ढेरों में दुखभरी कुरूचि दब रही अभी बन पत्र जीर्ण
आती दुलार को हिचकी-सी सूने कोनों में कराक भरी
इस सूखे तरु पर मनोवृति आकाश-बेलि सी रही हरी
जीवन-समाधि के खंडहर पर जो जल उठते दीपक अशांत
फिर बुझ जाते वे स्वयं शांत।

यों सोच रहे मनु पड़े श्रांत
श्रद्धा का सुख साधन नविास जब छोड़ चले आये प्रशांत
पथ-पथ में भटक अटकते वे आये इस ऊजड़ नगर-प्रांत
बहती सरस्वती वेग भरी निस्तब्ध हो रही निशा श्याम

नक्षत्र निरखते निर्निमेष वसुधा को वह गति विकल वाम
कृतघ्नी का वह जनाकीर्ण उपकूल आज कितना सूना
देवेश इंद्र की विजय-कथा की स्मृति देती थी दुख दूना
वह पावन सारस्वत प्रदेश दुःस्वप्न देखता पड़ा क्लांत
फैला था चारों ओर ध्वांत।

"जीवन का लेकर नव विचार
जब चला द्वंद्व था असुरों में प्राणों की पूजा का प्रचार
उस ओर आत्मविश्वास-निरत सुर-वर्ग कह रहा था पुकार —
"मैं स्वयं सतत आराध्य आत्म-मंगल-उपासना में विभोर
उल्लासशील मैं शक्ति-केंद्र, किसकी खोजूँ फिर शरण और
आनंद-उच्छलित-शक्ति-स्रोत जीवन-विकास वैचित्र्य भरा
अपना नव-नव निर्माण किये रखता यह विश्व सदैव हरा,
प्राणों के सुख-साधन में ही, संलग्न असुर करते सुधार
नियमों में बँधते दुर्निवार

था एक पूजता देह दीन
दूसरा अपूर्ण अहंता में अपने को समझ रहा प्रवीण
दोनों का हठ था दुर्निवार, दोनों ही थे विश्वास-हीन
फिर क्यों न तर्क को शस्त्रों से वे सिद्ध करें — क्यों हो न युद्ध
उनका संघर्ष चला अशांत वे भाव रहे अब तक विरुद्ध
मुझमें ममत्वमय आत्म-मोह स्वातंत्र्यमयी उच्छृंखलता
हो प्रलय-भीत तन रक्षा में पूजन करने की व्याकुलता
वह पूर्व द्वंद्व परिवर्त्तित हो मुझको बना रहा अधिक दीन
सचमुच मैं हूँ श्रद्धा-विहीन।"

"मनु! तुम श्रद्धा को गये भूल

उस पूर्ण आत्म-विश्वासमयी को उडा दिया था समझ तूल
तुमने तो समझा असत् विश्व जीवन धागे मैं रहा झूल
जो क्षण बीतें सुख-साधन में उनको ही वास्तव लिया मान
वासना-तृप्ति ही स्वर्ग बनी, यह उलटी मति का व्यर्थ-ज्ञान
तुम भूल गये पुरुषत्त्व-मोह में कुछ सत्ता है नारी की
समरसता है संबंध बनी अधिकार और अधिकारी की।"
जब गूँजी यह वाणी तीखी कंपित करती अंबर अकूल
मनु को जैसे चुभ गया शूल।

"यह कौन? अरे फिर वही काम!
जिसने इस भ्रम में है डाला छीना जीवन का सुख-विराम?
प्रत्यक्ष लगा होने अतीत जिन घड़ियों का अब शेष नाम
वरदान आज उस गतयुग का कंपित करता है अंतरंग
अभिशाप ताप की ज्वाला से जल रहा आज मन और अंग —
बोले मनु — "क्या मैं भ्रांत साधना में ही अब तक लगा रहा
क्या तुमने श्रद्धा को पाने के लिए नहीं सस्नेह कहा?
पाया तो, उसने भी मुझको दे दिया हृदय निज अमृत-धाम
फिर क्यों न हुआ मैं पूर्ण-काम?"

"मनु! उसने तो कर दिया दान
वह हृदय प्रणय से पूर्ण सरल जिसमें जीवन का भरा मान
जिसमें चेतनता ही केवल निज शांत प्रभा से ज्योतिमान
पर तुमने तो पाया सदैव उसकी सुंदर जड़ देह मात्र
सौंदर्य्य जलधि से भर लाये केवल तुम अपना गरल पात्र
तुम अति अबोध, अपनी अपूर्णता को न स्वयं तुम समझ सके
परिणय जिसको पूरा करता उससे तुम अपने आप रुके
'कुछ मेरा हो' यह राग-भाव संकुचित पूर्णता है अजान

मानस-जलनिधि का क्षुद्र-यान।

हाँ, अब तुम बनने को स्वतंत्र
सब कलुष ढाल कर औरों पर रखते हो अपना अलग तंत्र
द्वंद्वों का उद्गम तो सदैव शाश्वत रहता वह एक मंत्र
डाली में कंटक संग कुसुम खिलते मिलते भी हैं नवीन
अपनी रुचि से तुम बिंधे हुए जिसको चाहे ले रहे बीन
तुमने तो प्राणमयी ज्वाला का प्रणय-प्रकाश न ग्रहण किया
हाँ, जलन वासना को जीवन भ्रम तम में पहला स्थान दिया
अब विकल प्रवर्त्तन हो ऐसा जो नियति-चक्र का बने यंत्र
हो शाप भरा तब प्रजातंत्र।

यह अभिनव मानव प्रजा सृष्टि
द्वयता में लगी निरंतर ही वर्णों की करति रहे वृष्टि
अनजान समस्यायें गढ़ती रचती हो अपनी ही विनष्टि
कोलाहल कलह अनंत चले, एकता नष्ट हो बढ़े भेद
अभिलषित वस्तु तो दूर रहे, हाँ मिले अनिच्छित दुखद खेद
हृदयों का हो आवरण सदा अपने वक्षस्थल की जड़ता
पहचान सकेंगे नहीं परस्पर चले विश्व गिरता पड़ता
सब कुछ भी हो यदि पास भरा पर दूर रहेगी सदा तुष्टि
दुख देगी यह संकुचित दृष्टि।

अनवरत उठे कितनी उमंग
चुंबित हों आँसू जलधर से अभिलाषाओं के शैल-शृंग
जीवन-नद हाहाकार भरा — हो उठती पीड़ा की तरंग
लालसा भरे यौवन के दिन पतझड़ से सूखे जायँ बीत
संदेह नये उत्पन्न रहें उनसे संतप्त सदा सभीत
फैलेगा स्वजनों का विरोध बन कर तम वाली श्याम-अमा

दारिद्र्य दलित बिलखाती हो यह शस्यश्यामला प्रकृति-रमा
दुख-नीरद में बन इंद्रधनुष बदले नर कितने नये रंग-
बन तृष्णा-ज्वाला का पतंग।

वह प्रेम न रह जाये पुनीत
अपने स्वार्थों से आवृत हो मंगल-रहस्य सकुचे सभीत
सारी संसृति हो विरह भरी, गाते ही बीतें करुण गीत
आकांक्षा-जलनिधि की सीमा हो क्षितिज निराशा सदा रक्त
तुम राग-विराग करो सबसे अपने को कर शतशः विभक्त
मस्तिष्क हृदय के हो विरुद्ध, दोनों में हो सद्भाव नहीं
वह चलने को जब कहे कहीं तब हृदय विकल चल जाय कहीं
रोकर बीतें सब वर्त्तमान क्षण सुंदर अपना हो अतीत
पेंगों में झूलें हार-जीत।

संकुचित असीम अमोघ शक्ति
जीवन को बाधा मय पथ पर ले चले मेद से भरी भक्ति
या कभी अपूर्ण अहंता में हो रागमयी-सी महासक्ति
व्यापकता नियति-प्रेरणा बन अपनी सीमा में रहे बंद
सर्वज्ञ-ज्ञान का क्षुद्र-अंश विद्या बनकर कुछ रचे छंद
कर्त्तव्य-सकल बन कर आवे नश्वर-छाया-सी ललित-कला
नित्यता विभाजित हो पल-पल में काल निरंतर चले ढला
तुम समझ न सको, बुराई से शुभ-इच्छा की है बड़ी शक्ति
हो बिफल तर्क से भरी युक्ति।

जीवन सारा बन जाय युद्ध
उस रक्त, अग्नि को वर्षा में बह जायँ सभी जो भाव शुद्ध
अपनी शंकाओं से व्याकुल तुम अपने ही होकर विरुद्ध
अपने को आवृत किये रहो दिखलाओ निज कृत्रिम स्वरूप

वसुधा के समतल पर उन्नत चलता फिरता हो दंभ-स्तूप
श्रद्धा इस संसृति की रहस्य — व्यापक, विशुद्ध, विश्वासमयी
सब कुछ देकर नव-निधि अपनी तुमसे ही तो वह छली गयी
हो वर्त्तमान से वंचित तुम अपने भविष्य में रहो रुद्ध
सारा प्रपंच ही हो अशुद्ध।

तुम जरा मरण में चिर अशांत
जिसको अब तक समझे ये सब जीवन में परविर्त्तन अनंत
अमरत्व, वही अब भूलेगा तुम व्याकुल उसको कहो अंत
दुखमय चिर चिंतन के प्रतीक! श्रद्धा-वंचक बनकर अधीर
मानव-संतति ग्रह-रश्मि-रज्जु से भाग्य बाँध पीटे लकीर
'कल्याण भूमि यह लोक' यही श्रद्धा-रहस्य जाने न प्रजा
अतिचारी मिथ्या मान इसे परलोक-वंचना से भर जा
आशाओं में अपने निराश निज बुद्धि विभव से रहे भ्रांत
वह चलता रहे सदैव श्रांत।"

अभिशाप-प्रतिध्वनि हुई लीन
नभ-सागर के अंतस्तल में जैसे छिप जाता महा मीन
मृदु मरुत्-लहर में फेनोपम तारागण झिलमिल हुए दीन
निस्तब्ध मौन था अखिल लोक तंद्रालस था वह विजन प्रांत
रजनी-तम-पूंजीभूत-सदृश मनु श्वास ले रहे थे अशांत
वे सोच रहे थे "आज वही मेरा अदृष्ट बन फिर आया
जिसने डाली थी जीवन पर पहले अपनी काली छाया
लिख दिया आज उसने भविष्य! यातना चलेगी अंतहीन
अब तो अवशिष्ट उपाय भी न।"

करती सरस्वती मधुर नाद

बहती थी श्यामल घाटी में निर्लिप्त भाव सी अप्रमाद
सब उपल उपेक्षित पड़े रहे जैसे वे निष्ठुर जड़ विषाद
वह थी प्रसन्नता की धारा जिसमें था केवल मधुर गान
थी कर्म-निरंतरता-प्रतीक चलता था स्ववश अनंत-ज्ञान
हिम-शीतल लहरों का रह-रह कूलों से टकराते जाना
आलोक अरुण किरणों का उन पर अपनी छाया बिखराना —
अद्‌भुत था! निज-निर्मित-पथ का वह पथिक चल रहा निर्विवाद
कहता जाता कुछ सुसंवाद।

प्राची में फैला मधुर राग
जिसके मंडल में एक कमल खिल उठा सुनहला भर पराग
जिसके परिमल से व्याकुल हो श्यामल कलरव सब उठे जाग
आलोक-रश्मि से बुने उषा-अंचल में आंदोलन अमंद
करता प्रभात का मधुर पवन सब ओर वितरने को मरंद
उस रम्य फलक पर नवल चित्र सी प्रकट हुई सुंदर बाला
वह नयन-महोत्सव की प्रतीक अम्लान-नलिन की नव-माला
सुषमा का मंडल सुस्मित-सा बिखराता संसृति पर सुराग
सोया जीवन का तम विराग।

बिखरी अलकें ज्यों तर्क जाल —
वह विश्व मुकुट सा उज्ज्वलतम शशिखंड सदृश था स्पष्ट भाल
दो पद्‌म-पलाश चषक-से दृग देते अनुराग विराग ढाल
गुंजरित मधुप से मुकुल सदृश वह आनन जिसमें भरा गान
वक्षस्थल पर एकत्र धरे संसति के सब विज्ञान ज्ञान
था एक हाथ में कर्म-कलश वसुधा-जीवन-रस-सार लिये
दूसरा विचारों के नभ को था मधुर अभय अवलंब दिये
त्रिवली थी त्रिगुण-तरंगमयी, आलोक-वसन लिपटा अराल
चरणों में थी गति भरी ताल।

नीरव थी प्राणों की पुकार
मूर्च्छित जीवन-सर निस्तरंग नीहार घिर रहा था अपार
निस्तब्ध अलस बन कर सोयी चलती न रही चंचल बयार
पीता मन मुकुलित कंज आप अपनी मधु बूँदे मधुर मौन
निस्वन दिगंत में रहे रुद्ध सहसा बोले मनु "अरे कौन —
आलोकमयी स्मिति-चेतनत आयी यह हेमवती छाया'
तंद्रा के स्वप्न तिरोहित थे बिखरी केवल उजली माया
वह स्पर्श-दुलार-पुलक से भर बीते युग को उठता पुकार
वीचियाँ नाचतीं बार-बार।

प्रतिभा प्रसन्न-मुख सहज खोल
वह बोली — मैं हूँ इड़ा, कहो तुम कौन यहाँ पर रहे डोल!"
नासिका नुकीली के पतले पुट फरक रहे कर स्मित अमोल
"मनु मेरा नाम सुनो वाले! मैं विश्व पथिक सह रहा क्लेश।"
"स्वागत! पर देख रहे हो तुम यह उजड़ा सारस्वत प्रदेश
भौतिक हलचल से यह चंचल हो उठा देश ही था मेरा
इसमें अब तक हूँ पड़ी इस आशा से आये दिन मेरा।"

× × ×

"मैं तो आया हूँ — देवि बता दो जीवन का क्या सहज मोल
भव के भविष्य का द्वार खोल!

इस विश्वकुहर में इंद्रजाल
जिसने रच कर फैलाया है ग्रह तारा, विद्युत नखत-माल,
सागर की भीषणतम तरंग-सा खेल रहा वह महाकाल
तब क्या इस वसुधा के लघु-लघु प्राणी को करने को सभीत
उस निष्ठुर की रचना कठोर केवल विनाश की रही जीत
तब मूर्ख आज तक क्यों समझे हैं सृष्टि उसे जो नाशमयी

उसका अधिपति! होगा कोई, जिस तक दुख की न पुकार गयी
सुख नीड़ों को घेरे रहता अविरत विषाद का चक्रवाल
किसने यह पट है दिया डाल!

शनि का सुदूर वह नील लोक
जिसकी छाया-सा फैला है ऊपर नीचे यह गगन-शोक
उसके भी परे सुना जाता कोई प्रकाश का महा ओक
वह एक किरन अपनी देकर मेरी स्वतंत्रता में सहाय,
क्या बन सकता है? नियति-जाल से मुक्ति-दान का कर उपाय।"
"कोई भी हो वह क्या बोले, पागल बन नर निर्भर न करे
अपनी दुर्बलता बल सम्हाल गंतव्य मार्ग पर पैर धरे —
मत कर पसार — निज पैरों चल, चलने की जिसको रहे झोंक
उसको कब कोई सके रोक?

हाँ तुम ही हो अपने सहाय?
जो बुद्धि कहे उसको न मान कर फिर किसकी नर शरण जाय
जितने विचार संस्कार रहे उनका न दूसरा है उपाय
यह प्रकृति, परम रमणीय अखिल-ऐश्वर्य-भरी शोधक विहीन
तुम उसका पटल खोलने में परिकर कस कर बन कर्मलीन
सबका नियमन शासन करते बस बढ़ा चलो अपनी क्षमता
तुम ही इसके नियामक हो, हो कहीं विषमता या समता
तुम जड़ता को चैतन्य करो विज्ञान सहज साधन उपाय
यश अखिल लोक में रहे छाय।"

हँस पड़ा गगन वह शून्य लोक
जिसके भीतर बस कर उजड़े कितने ही जीवन मरण शोक
कितने हृदयों के मधुर मिलन क्रंदन करते बन विरह-कोक

ले लिया भार अपने सिर पर मनु ने यह अपना विषम आज
हँस पड़ी उषा प्राची-नभ में देखे नर अपना राज-काज
चल पड़ी देखने वह कौतुक चंचल मलयाचल की बाला
लख लाली प्रकृति कपोलों में गिरता तारा दल मतवाला
उन्निद्र कमल-कानन में होती थी मधुपों की नोक-झोंक
बसुधा विस्मृत थी सकल-शोक

"जीवन निशीथ का अधंकार
भर रहा क्षितिज के अंचल में मुख आवृत्त कर तुमको निहार
तुम इड़े उषा-सी आज यहाँ आयी हो बन कितनी उदार
कलरव कर जाग पड़े मेरे ये मनोभाव सोये विहंग
हँसती प्रसन्नता चाव भरी बन कर किरनों की सी तरंग
अवलंब छोड़ कर औरों का जब बुद्धविाद को अपनाया
मैं बढा सहज, तो स्वयं बुद्धि को मानो आज यहाँ पाया
मेरे विकल्प संकल्प बनें, जीवन हो कर्मों की पुकार
सुख साधन का हो खुला द्वार।"

स्वप्न

संध्या अरुण जलज केसर ले अब तक मन थी बहलाती,
मुरझा कर कब गिरा तामरस, उसको खोज कहाँ पाती!
क्षितिज भाल का कुंकुम मिटता मलिन कालिमा के कर से,
कोकिल की काकली वृथा ही अब कलियों पर मँड़राती।

कामायनी-कुसुम वसुधा पर पड़ी, न वह मकरंद रहा,
एक चित्र बस रेखाओं का, अब उसमें है रंग कहाँ!
वह प्रभात का हीनकला शशि — किरन कहाँ चाँदनी रही,
वह संध्या थी — रवि, शशि, तारा ये सब कोई नहीं जहाँ।

जहाँ तामरस इंदीवर या सित शतदल है मुरझाये —
अपने नालों पर, वह सरसी श्रद्धा थी, न मधुप आये,
वह जलधर जिसमें चपला या श्यामलता का नाम नहीं,
शिशिर-कला की क्षीण-स्रोत वह जो हिमतल में जम जाये।

एक मौन वेदना विजन की, झिल्ली की झनकार नहीं,
जगती की अस्पष्ट-उपेक्षा, एक कसक साकार रही।

हरित-कुंज की छाया भर — थी वसुधा-आलिगंन करती,
वह छोटी सी विरह-नदी थी जिसका है अब पार नहीं।

नील गगन में उड़ती-उड़ती विहग-बालिका सी किरनें,
स्वप्न-लोक को चलीं थकी सी नींद-सेज पर जा गिरने।
किंतु, विरहणीं के जीवन में एक घड़ी विश्राम नहीं —
बिजली-सी स्मृति चमक उठी तब, लगे जभी तम-घन घिरने।

संध्या नील सरोरूह से जो श्याम पराग बिखरते थे,
शैल-घाटियों के अंचल को वे धीरे से भरते थे।
तृण-गुल्मों से रोमांचित नग सुनते उस दुख की गाथा,
श्रद्धा की सूनी साँसों से मिलकर जो स्वर भरते थे —

"जीवन में सुख अधिक या कि दुख, मंदाकिनि कुछ बोलोगी?
नभ में नखत अधिक, सागर में या बुदबुद हैं, गिन दोगी?
प्रतिबिंबित हैं तारा तुम मैं, सिंधु मिलन को जाती हो,
या दोनों प्रतिबिंबि एक के इस रहस्य को खोलोगी।

इस अवकाश-पटी पर जितने चित्र बिगड़ते बनते
हैं। उनमें कितने रंग भरे जो सुरधनु पट से छनते हैं
किंतु सकल अणु पल में घुल कर व्यापक नील-शून्यता-सा
जगती का आवरण वेदना का धूमिल-पट बुनते हैं।

दग्ध-श्वास से आह न निकले सजल कुहू में आज यहाँ!
कितना स्नेह जला कर जलता ऐसा है लघु-दीप कहाँ?
बुझ न जाय वह साँझ-किरन सी दीप-शिखा इस कुटिया की,
शलभ समीप नहीं तो अच्छा, सुखी अकेले जले यहाँ!

आज सुनूँ केवल चुप होकर, कोकिल जो चाहे कह ले,
पर न परागों की वैसी है चहल-पहल जो थी पहले।
इस पतझड़ की सूनी डाली और प्रतीक्षा की संध्या,
कमायनी! तू हृदय कड़ा कर धीरे-धीरे सब सह ले!

बिरल डालियों के निकुंज सब ले दुख के निश्वास रहे,
उस स्मृति का समीर चलता है मिलन कथा फिर कौन कहे?
आज विश्व अभिमानी जैसे रूठ रहा अपराध बिना
किन चरणों को धोयेंगे जो अश्रु पलक के पार बहे!

अरे मधुर हैं कष्ट पूर्ण भी जीवन की बीती घड़ियाँ —
जब निस्सबंल होकर कोई जोड़ रहा बिखरी कड़ियाँ।
वही एक जो सत्य बना था चिर-सुंदरता में अपनी,
छिपा कहीं, तब कैसे सुलझें उलझी सुख-दुख की लड़ियाँ।

विस्मृत हों वे बीती बातें, अब जिनमें कुछ सार नहीं,
वह जलती छाती न रही अब वैसा शीतल प्यार नहीं!
सब अतीत में लीन हो चलीं, आशा मधु-अभिलाषायें,
प्रिय की निष्ठुर विजय हुई, पर यह तो मेरी हार नहीं!

वे आलिंगन एक पाश थे, स्मिति चपला थी, आज कहाँ?
और मधुर विश्वास! अरे वह पागल मन का मोह रहा,
वंचित जीवन बना समर्पण यह अभिमान अकिंचन का,
कभी दे दिया था कुछ मैंने, ऐसा अब अनुमान रहा।

विनियम प्राणों का यह कितना भयसंकुल व्यापार अरे!
देना हो जितना दे दे तू, लेना! कोई यह न करे!

परविर्तन की तुच्छ प्रतीक्षा पूरी कभी न हो सकती,
संध्या रवि देकर पाती है इधर-उधर उडुगन बिखरे!

वे कुछ दिन जो हँसते आये अंतरिक्ष अरुणाचल से,
फूलों की भरमार स्वरों का कूजन लिये कुहक बल से।
फैल गयी जब स्मिति की माया, किरन-कली की क्रीड़ा से,
चिर प्रवास में चले गये वे आने को कह कर छल से!

जब शिरीष की मधुर गंध से मान-भरी मधुऋतु रातें
रूठ चली जाती रक्तिम-मुख, न सह जागरण की घातें,
दविस मधुर आलाप कथा-सा कहता छा जाता नभ में,
वे जगते-सपने अपने तब तारा बन कर मुसक्याते।'

वन बालाओं के निकुंज सब भरे वेणु के मधु स्वर से,
लौट चुके थे आने वाले सुन पुकार अपने घर से,
किंतु न आया वह परदेसी — युग छिप गया प्रतीक्षा में,
रजनी की भीगी पलकों से तुहिन बिंदु कण कण बरसे!

मानस का स्मृति-शतदल खिलता, झरते बिंदु मरंद घने,
मोती कठिन पारदर्शी ये, इनमें कितने चित्र बने!
आँसू सरल तरल विद्युत्कण, नयनालोक विरह तम में,
प्राण पथिक यह संबल लेकर लगा कल्पना-जग रचने।

अरूण जलज के शोण कोण थे नव तुषार के बिंदु भरे,
मुकुर चूर्ण बन रहे, प्रतिच्छवि कितनी साथ लिये बिखरे!
वह अनुराग हँसी दुलार की पंक्ति चली सोने तम में,
वर्षा-विरह-कुहू में जलते स्मृति के जुगनू डरे-डरे।

सूने गिरि-पथ में गुंजारित शृंगनाद की ध्वनि चलती,
आकांक्षा लहरी दुख-तटिनी पुलिन अंक में थी ढलती।
जले दीप नभ के, अभिलाषा-शलभ उड़े, उस ओर चले,
भरा रह गया आँखों में जल, बुझी न वह ज्वाला जलती।

"माँ — फिर एक किलक दूरागत, गूँज उठी कुटिया सूनी,
माँ उठ दौड़ी भरे हृदय में लेकर उत्कंठा दूनी।
लुटरी खुली अलक, रज-धूसर बाँहें आकर लिपट गयी,
निशा-तापसी की जलने को धधक उठी बुझती धूनी!

"कहाँ रहा नटखट तू फिरता अब तक मेरा भाग्य बना!
अरे पिता के प्रतिनिधि! तूने भी सुख-दुख तो दिया घना,
चंचल तू, बनचर-मृग बन कर भरता है चौकड़ी कहीं,
मैं डरती तू रूठ न जाये करती कैसे तुझे मना!

"मैं रूठूँ माँ और मना तू, कितनी अच्छी बात कही!
ले मैं सोता हूँ अब जाकर, बोलूँगा मैं आज नहीं,
पके फलों से पेट भरा है नींद नहीं खुलने वाली।"
श्रद्धा चुंबन ले प्रसन्न कुछ-कुछ विषाद से भरी रही।

जल उठते हैं लघु जीवन के मधुर मधुर वे पल हलके,
मुक्त उदास गगन के उर में छाले बन कर जा झलके,
दिवा-श्रांत-आलोक-रश्मियाँ नील-निलय में छिपी कहीं,
करुण वही स्वर फिर उस संसृति में बह जाता है गल के।

प्रणय किरण का कोमल बंधन मुक्ति बना बढ़ता जाता,
दूर, किंतु कितना प्रतिपल वह हृदय समीप हुआ जाता!
मधुर चाँदनी-सी तंद्रा जब फैली मूर्च्छित मानस पर,
तब अभिन्न प्रेमास्पद उसमें अपना चित्र बना जाता।

कामायनी सकल अपना सुख स्वप्न बना-सा देख रही,
युग-युग की वह विकल प्रतारित मिटी हुई वन लेख रही —
जो कुसुमों के कोमल दल से कभी पवन पर अंकित था
आज पपीहा की पुकार बन — नभ में खिंचती रेख रही।

इड़ा अग्नि-ज्वाला-सी आगे चलती है उल्लास भरी,
मनु का पथ आलोकित करती विपद-नदी में बनी तरी,
उन्नति का आरोहण, महिमा शैल-शृंग सी श्रांति नहीं,
तीव्र प्रेरणा की धारा सी बही वहाँ उत्साह भरी।

वह सुंदर आलोक किरन सी हृदय भेदिनी दृष्टि लिये,
जिधर देखती — खुल जाते हैं तम ने जो पथ बंद किये।
मनु की सतत सफलता की वह उदय विजयिनी तारा थी,
आश्रय की भूखी जनता ने निज श्रम के उपहार दिये!

मनु का नगर बसा है सुंदर सहयोगी हैं सभी बने,
दृढ़ प्राचीरों में मंदिर के द्वार दिखाई पड़े घने,
वर्षा धूप शिशिर में छाया के साधन संपन्न हुये,
खेतों में हैं कृषक चलाते हल प्रमुदित श्रम-स्वेद सने।

उधर धातु गलते बनते हैं आभूषण औ' अस्त्र नये,
कहीं साहसी ले आते हैं मृगया के उपहार नये,

पुष्पलावियाँ चुनती हैं बन-कुसुमों की अध-विकच कली,
गंध चूर्ण था लोध्र कुसुम रज, जुटे नवीन प्रसाधन ये।

घन के आघातों से होती जो प्रचंड ध्वनि रोष भरी,
तो रमणी के मधुर कंठ से हृदय मूर्च्छना उधर ढरी,
अपने वर्ग बना कर श्रम का करते सभी उपाय वहाँ,
उनकी मिलित-प्रयत्न-प्रथा से पुर की श्री दिखती निखरी।

देश काल का लाघव करते वे प्राणी चंचल से हैं,
सुख-साधन एकत्र कर रहे जो उनके संबल में हैं,
बढ़े ज्ञान-व्यवसाय, परिश्रम, बल की विस्तृत छाया में,
नर-प्रयत्न से ऊपर आवे जो कुछ वसुधा तल में हैं।

सृष्टि-बीज अंकुरित, प्रफुल्लित, सफल हो रहा हरा भरा,
प्रलय बीच भी रक्षित मनु से वह फैला उत्साह भरा,
आज स्वचेतन-प्राणी अपनी कुशल कल्पनायें करके,
स्वावलंब की दृढ़ धरणी पर खड़ा, नहीं अब रहा डरा।

श्रद्धा उस आश्चर्य-लोक में मलय-बालिका-सी चलती,
सिंहद्वार के भीतर पहुँची, खड़े प्रहरियों को छलती,
ऊँचे स्तंभों पर वलभी-युत बने रम्य प्रासाद वहाँ,
धूप-धूप-सुरभित-गृह, जिनमें थी आलोक-शिखा जलती।

स्वर्ण-कलश-शोभित भवनों से लगे हुए उद्यान बने,
ऋजु-प्रशस्त, पथ बीच-बीच में, कहीं लता के कुंज घने,
जिनमें दपति समुद विहरते, प्यार भरे गलबाहीं,
गूँज रहे थे मधुप रसीले, मदिरा-मोद पराग सने।

देवदारू के वे प्रलंब भुज, जिनमें उलझी वायु-तरंग,
मुखरित आभूषण से कलरव करते सुंदर बाल-विहंग,
आश्रय देता वेणु-वनों से निकली स्वर-लहरी-ध्वनि को,
नाग-केसरों की क्यारी में अन्य सुमन भी थे बहुरंग!

नव मंडप में सिंहासन सम्मुख कितने ही मंच तहाँ,
एक ओर रक्खे हैं सुंदर मढ़े चर्म से सुखद जहाँ,
आती है शैलेय-अगुरु की धूम-गंध आमोद-भरी,
श्रद्धा सोच रही सपने में 'यह लो मैं आ गयी कहाँ'!

और सामने देखा उसने निज दृढ़ कर में चषक लिये,
मनु, वह क्रतुमय पुरुष। वही मुख संध्या की लालिमा पिये।
मादक भाव सामने, सुंदर एक चित्र सा कौन यहाँ,
जिसे देखने को यह जीवन मर-मर कर सौ बार जिये —

इड़ा ढालती थी वह आसव, जिसकी बुझती प्यास नहीं,
तृषित कंठ को, पी-पी कर भी, जिसमें है विश्वास नहीं,
वह — वैश्वानर की ज्वाला-सी — मंच-वेदिका पर बैठी,
सौमनस्य बिखराती शीतल, जड़ता का कुछ भास नहीं।

मनु ने पूछा "और अभी कुछ करने को है शेष यहाँ?"
बोली इड़ा "सफल इतने में अभी कर्म सविशेष कहाँ!
क्या सब साधन स्ववश हो चुके?" नहीं अभी मैं रिक्त रहा —
देश बसाया पर उजड़ा है सूना मानस-देश यहाँ।

सुंदर मुख, आँखों की आशा, किंतु हुए ये किसके हैं,
एक बाँकपन प्रतिपद-शशि का, भरे भाव कुछ रिस के हैं,

कुछ अनुरोध मान-मोचन का करता आँखों में संकेत,
बोल अरी मेरी चेतनते! तू किसकी, ये किसके हैं?"

"प्रजा तुम्हारी, तुम्हें प्रजापति सबका ही गुनती हूँ मैं,
वह संदेश-भरा फिर कैसा नया प्रश्न सुनती हूँ मैं!"
"प्रजा नहीं, तुम मेरी रानी मुझे न अब भ्रम में डालो,
मधुर मराली! कहो 'प्रणय के मोती अब चुनती हूँ मैं'

मेरा भाग्य-गगन धुँधला-सा, प्राची-पट-सी तुम उसमें,
खुल कर स्वयं अचानक कितनी प्रभापूर्ण हो छवि-यश में!
मैं अतृप्त आलोक-भिखारी ओ प्रकाश-बालिके!
बता, कब डूबेगी प्यास हमारी इन मधु-अधरों के रस में?

"ये सुख-साधन और रुपहली-रातों की शीतल-छाया,
स्वर-संचरित दिशायें, मन है उन्मद और शिथिल काया,
तब तुम प्रजा बनो मत रानी!" नर-पशु कर हुंकार उठा,
उधर फैलती मदिर घटा सी अंधकार की घन-माया।

आलिंगन! फिर भय का क्रदंन! वसुधा जैसे काँप उठी!
पही अतिपारी, दुर्बल नारी — परित्राण गश नाग उठी!
अंतरिक्ष में हुआ रुद्र-हुंकार भयानक हलचल थी,
अरे आत्मजा प्रजा! पाप की परिभाषा बन शाप उठी।

उधर गगन में क्षुब्ध हुई सब देव-शक्तियाँ क्रोध-भरी,
रुद्र-नयन खुल गया अचानक — व्याकुल काँप रही नगरी,

अतिचारी था स्वयं प्रजापति, देव अभी शवि बने रहें!
नहीं, इसी से चढ़ी शिजिनी अजगव पर प्रतिशोध भरी।

प्रकृति त्रस्त थी, भूतनाथ ने नृत्य विकंपित-पद अपना
— उधर उठाया, भूत-सृष्टि सब होने जाती थी सपना!
आश्रय पाने को सब व्याकुल, स्वयं-कलुष में मनु संदिग्ध,
फिर कुछ होगा, यही समझ कर वसुधा का थर-थर कँपना।

काँप रहे थे प्रलयमयी क्रीड़ा से सब आशंकित जंतु,
अपनी-अपनो पड़ी सभी को, छिन्न स्नेह का कोमल तंतु,
आज कहाँ वह शासन था जो रक्षा का था भार लिये,
इड़ा क्रोध लज्जा से भर कर बाहर निकल पड़ी थी किन्तु।

देखा उसने, जनता व्याकुल राजद्वार कर रुद्ध रही,
प्रहरी के दल भी झुक आये उनके भाव विशुद्ध नहीं,
नियमन एक झुकाव दबा-सा, टूटे या ऊपर उठ जाय!
प्रजा आज कुछ और सोचती अब तक तो अविरुद्ध रही!

कोलाहल में घिर, छिप बैठे, मनु कुछ सोच विचार भरे,
द्वार बंद लख प्रजा त्रस्त-सी, कैसे मन फिर धैर्य्य धरे!
शक्ति-तरंगों में आंदोलन, रुद्र-क्रोध भीषणतम था,
महानील-लोहित-ज्वाला का नृत्य सभी से उधर परे।

वह विज्ञानमयी अभिलाषा, पंख लगाकर उड़ने की,
जीवन की असीम आशायें कभी न नीचे मुड़ने की,
अधिकारों की सृष्टि और उनकी वह मोहमयी माया,
वर्गों की खाँई बन फैली कभी नहीं जो जुड़ने की।

असफल मनु कुछ क्षुब्ध हो उठे, आकस्मिक बाधा कैसी —
समझ न पाये कि यह हुआ क्या, प्रजा जुटी क्यों आ ऐसी!
परित्राण प्रार्थना विकल थी देव-क्रोध से बन विद्रोह,
इड़ा रही जब वहाँ! स्पष्ट ही वह घटना कुचक्र जैसी।

"द्वार बंद कर दो इनको तो अब न यहाँ आने देना,
प्रकृति आज उत्पात कर रही, मुझको बस सोने देना!"
कह कर यों मनु प्रकट क्रोध में, किंतु डरे-से थे मन में,
शयन-कक्ष में चले सोचते जीवन का लेना-देना।

श्रद्धा काँप उठी सपने में, सहसा उसकी आँख खुली,
यह क्या देखा मैंने? कैसे वह इतना हो गया छली?
स्वजन-स्नेह में भय की कितनी आशंकायें उठ आतीं,
अब क्या होगा, इसी सोच में व्याकुल रजनी बीत चली।

संघर्ष

श्रद्धा का था स्वप्न किंतु वह सत्य बना था,
इड़ा संकुचित उधर प्रजा में क्षोभ घना था।
भौतिक-विप्लव देख विकल वे थे घबराये,
राज-शरण में त्राण प्राप्त करने को आये।

किंतु मिला अपमान और व्यवहार बुरा था,
मनस्ताप से सब के भीतर रोष भरा था।
क्षुब्ध निरखते वदन इड़ा का पीला-पीला,
उधर प्रकृति की रुकी नहीं थी तांड़व-लीला।

प्रागण में थी भीड़ बढ़ रही सब जुड़ आये,
प्रहरी-गण कर द्वार बंद थे ध्यान लगाये।
रिक्त घनी-लालिमा-पटी में दबी-लुकी-सी,
रह-रह होती प्रगट मेघ की ज्योति झुकी सी।

मनु चिंतित से पड़े शयन पर सोच रहे थे,
क्रोध और शंका के श्वापद नोच रहे थे।
"मैं यह प्रजा बना कर कितना तुष्ट हुआ था,
किंतु कौन कह सकता इन पर रुष्ट हुआ था।

कितने जब से भर कर इनका चक्र चलाया,
अलग-अलग ये एक हुई पर इनकी छाया।
मैं नियमन के लिए बुद्धि-बल से प्रयत्न कर,
इनको कर एकत्र, चलाता नियम बना कर।

किंतु स्वयं भी क्या वह सब कुछ मान चलूँ मैं,
तनिक न मैं स्वच्छंद, स्वर्ण सा सदा गलूँ मैं!
जो मेरी है सृष्टि उसी से भीत रहूँ मैं,
क्या अधिकार नहीं कि कभी अविनीत रहूँ मैं?

श्रद्धा का अधिकार समर्पण दे न सका मैं,
प्रतिपल बढ़ता हुआ भला कब वहाँ रुका मैं!
इड़ा नियम-परतंत्र चाहती मुझे बनाना,
निर्वाधित अधिकार उसी ने एक न माना।

विश्व एक बंधन विहीन परिवर्त्तन तो है,
इसकी गति में रवि-शशि-तारे ये सब जो हैं।
रूप बदलते रहते वसुधा जलनिधि बनती,
उदधि बना मरूभूमि जलधि में ज्वाला जलती।

तरल अग्नि की दौड़ लगी है सब के भीतर,
गल कर बहते हिम-नग सरिता-लीला रच कर।
यह स्फुलिंग का नृत्य एक पल आया बीता!
टिकने को कब मिला किसी को यहाँ सुभीता?

कोटि-कोटि नक्षत्र शून्य के महा-वविर में,
लास रास कर रहे लटकते हुए अधर में।
उठती है पवनों के स्तर में लहरें कितनी,
यह असंख्य चीत्कार और परवशता इतनी।

यह नर्त्तन उन्मुक्त विश्व का स्पंदन द्रुततर,
गतिमय होता चला जा रहा अपने लय पर।
कभी-कभी हम वही देखते पुनरावर्त्तन,
उसे मानते नियम चल रहा जिससे जीवन।

रुदन हास बन किंतु पलक में छलक रहे हैं,
शत शत प्राण विमुक्ति खोजते ललक रहे हैं।
जीवन में अभिशाप शाप में ताप भरा है,
इस विनाश में सृष्टि-कुँज हो रहा हरा है।

"विश्व बँधा है एक नियम से' यह पुकार-सी,
फैल गयी है इसके मन में दृढ़ प्रचार-सी।
नियम इन्होंने परखा फिर सुख-साधन जाना,
वशी नियामक रहे, न ऐसा मैंने माना।

मैं चिर-बंधन-हीन मृत्यु-सीमा-उल्लघंन —
करता सतत चलूँगा यह मेरा है दृढ़ प्रण।
महानाश की सृष्टि बीच जो क्षण हो अपना,
चेतनता की तुष्टि वही है फिर सब सपना।"

प्रगतिशील मन रूका एक क्षण करवट लेकर,
देखा अविचल इड़ा खड़ी फिर सब कुछ देकर!
और कह रही "किंतु नियामक नियम न माने,
तो फिर सब कुछ नष्ट हुआ सा निश्चय जाने।"

"ऐं तुम फिर भी यहाँ आज कैसे चल आयी,
क्या कुछ और उपद्रव की है बात समायी —
मन में, यह सब आज हुआ है जो कुछ इतना!
क्या न हुई है तुष्टि? बच रहा है अब कितना?"

“मनु, सब शासन स्वत्त्व तुम्हारा सतत निबाहें,
तुष्टि, चेतना का क्षण अपना अन्य न चाहें!
आह प्रजापति यह न हुआ है, कभी न होगा,
निर्वाधित अधिकार आज तक किसने भोगा?”

यह मनुष्य आकार चेतना का है विकसित,
एक विश्व अपने आवरणों में है निर्मित!
चिति-केंद्रों में जो संघर्ष चला करता है,
द्वयता का जो भाव सदा मन में भरता है: —

वे विस्मृत पहचान रहे से एक एक को,
होते सतत समीप मिलाते हैं अनेक को।
स्पर्धा में जो उत्तम ठहरें वे रह जावें,
संसृति का कल्याण करें शुभ मार्ग बतावें।

व्यक्ति चेतना इसीलिए परतंत्र बनी-सी,
रागपूर्ण, पर द्वेष-पंक में सतत सनी सी।
नियत मार्ग में पद-पद पर है ठोकर खाती,
अपने लक्ष्य समीप श्रांत हो चलती जाती।

यह जीवन उपयोग, यही है बुद्धि-साधना,
अपना जिसमें श्रेय यही सुख की आराधना।
लोक सुखी हो आश्रय ले यदि उस छाया में,
प्राण सदृश तो रमो राष्ट्र की इस काया में।

देश कल्पना काल परिधि में होती लय है,
काल खोजता महाचेतना में निज क्षय है।
वह अनंत चेतन नचता है उन्मद गति से,
तुम भी नाचो अपनी द्वयता में — विस्मृति में।

क्षितिज पटी को उठा बढो ब्रह्मांड ववर में,
गुंजारित घन नाद सुनो इस विश्व कुहर में।
ताल-ताल पर चलो नहीं लय छूटे जिसमें,
तुम न ववादी स्वर छेड़ो अनजाने इसमें।

"अच्छा! यह तो फिर न तुम्हें समझाना है अब,
तुम कितनी प्रेरणामयी हो जान चुका सब।
किंतु आज ही अभी लौट कर फिर हो आयी,
कैसे यह साहस की मन में बात समायी!

आह प्रजापति होने का अधिकार यही क्या!
अभिलाषा मेरी अपूर्ण ही सदा रहे क्या?
मैं सबको वितरित करता ही सतत रहूँ क्या?
कुछ पाने का यह प्रयास है पाप, सहूँ क्या?

तुमने भी प्रतिदिन दिया कुछ कह सकती हो?
मुझे ज्ञान देकर ही जीवित रह सकती हो?
जो मैं हूँ चाहता वही जब मिला नहीं है,
तब लौटा लो व्यर्थ बात जो अभी कही है।"

"इड़े! मुझे वह वस्तु चाहिये जो मैं चाहूँ, तुम
पर हो अधिकार, प्रजापति न तो वृथा हूँ।
तुम्हें देखकर बंधन ही अब टूट रहां सब,
शासन या अधिकार चाहता हूँ न तनिक अब।

देखो यह दुर्धर्ष प्रकृति का इतना कंपन।
मेरे हृदय समक्ष क्षुद्र है इसका स्पंदन!
इस कठोर ने प्रलय खेल है हँस कर खेला!
किंतु आज कितना कोमल हो रहा अकेला?

तुम कहती हो विश्व एक लय है, मैं उसमें
लीन हो चलूँ? किंतु धरा है क्या सुख इसमें।
क्रंदन का निज अलग एक आकाश बना लूँ,
उस रोदन में अट्टहास हो तुमको पा लूँ।

फिर से जलनिधि उछल बहे मर्य्यादा बाहर,
फिर झंझा हो वज्र-प्रगति से भीतर बाहर,
फिर डगमग हो नाव लहर ऊपर से भागे,
रवि-शशि-तारा सावधान हों चौंकें जागें,
किन्तु पास ही रहो बालिके! मेरी हो, तुम,
मैं हूँ कुछ खिलवाड़ नहीं जो अब खेलो तुम?"

"आह न समझोगे क्या मेरी अच्छी बातें,
तुम उत्तेजित होकर अपना प्राप्य न पाते।
प्रजा क्षुब्ध हो शरण माँगती उधर खडी है,
प्रकृति सतत आतंक विकंपित घड़ी-घड़ी है।
सावधान, में शुभाकांक्षिणी और कहूँ क्या!
कहना था कह चुकी और अब यहाँ रहूँ क्या!"

"मायाविनि, बस पाली तुमने ऐसे छुट्टी,
लड़के जैसे खेलों में कर लेते खुट्टी।
मूर्तिमती अभिशाप बनी सी सम्मुख आयी,
तुमने ही संघर्ष भूमिका मुझे दिखायी।

रूधिर भरी वेदियाँ भयकरी उनमें ज्वाला,
विनयन का उपचार तुम्हीं से सीख निकाला।
चार वर्ण बन गये बँटा श्रम उनका अपना
शस्त्र यंत्र बन चले, न देखा जिनका सपना।

आज शक्ति का खेल खेलने में आतुर नर,
प्रकृति संग संघर्ष निरंतर अब कैसा डर?
बाधा नियमों की न पास में अब आने दो
इस हताश जीवन में क्षण-सुख मिल जाने दो।

राष्ट्र-स्वामिनी, यह लो सब कुछ वैभव अपना,
केवल तुमको सब उपाय से कह लूँ अपना।
यह सारस्वत देश या कि फिर ध्वंस हुआ सा
समझो, तुम हो अग्नि और यह सभी धुआँ सा?"

"मैंने जो मनु, किया उसे मत यों कह भूलो,
तुमको जितना मिला उसी में यों मत फूलो।
प्रकृति संग संघर्ष सिखाया तुमको मैंने,
तुमको केंद्र बनाकर अनहित किया न मैंने!

मैंने इस बिखरी-विभूति पर तुमको स्वामी,
सहज बनाया, तुम अब जिसके अंतर्यामी।
किंतु आज अपराध हमारा अलग खड़ा है,
हाँ में हाँ न मिलाऊँ तो अपराध बडा है।

मनु! देखो यह भ्रांत निशा अब बीत रही है,
प्राची में नव-उषा तमस् को जीत रही है।
अभी समय है मुझ पर कुछ विश्वास करो तो।'
बनती है सब बात तनिक तुम धैर्य धरो तो।"

और एक क्षण वह, प्रमाद का फिर से आया,
इधर इड़ा ने द्वार ओर निज पैर बढाया।
किंतु रोक ली गयी भुजाओं से मनु की वह,
निस्सहाय ही दीन-दृष्टि देखती रही वह।

"यह सारस्वत देश तुम्हारा तुम हो रानी।
मुझको अपना अस्त्र बना करती मनमानी।
यह छल चलने में अब पंगु हुआ सा समझो,
मुझको भी अब मुक्त जाल से अपने समझो।

शासन की यह प्रगति सहज ही अभी रुकेगी,
क्योंकि दासता मुझसे अब तो हो न सकेगी।
मैं शासक, मैं चिर स्वतंत्र, तुम पर भी मेरा
हों अधिकार असीम, सफल हो जीवन मेरा।

छिन्न भिन्न अन्यथा हुई जाती है पल में,
सकल व्यवस्था अभी जाय डूबती अतल में।
देख रहा हूँ वसुधा का अति-भय से कंपन,
और सुन रहा हूँ नभ का यह निर्मम-क्रंदन!

किंतु आज तुम बंदी हो मेरी बाँहों में,
मेरी छाती में," — फिर सब डूबा आहों में!
सिंहद्वार अरराया जनता भीतर आयी,
"मेरी रानी" उसने जो चीत्कार मचायी।

अपनी दुर्बलता में मनु तब हाँफ रहे थे।
स्खलन विकंपित पद वे अब भी काँप रहे थे।
सजग हुए मनु वज्र-खचित ले राजदंड तब,
और पुकारा "तो सुन लो जो कहता हूँ अब।

'तुम्हें तृप्तिकर सुख के साधन सकल बताया,
मैंने ही श्रम-भाग किया फिर वर्ग बनाया।
अत्याचार प्रकृति-कृत हम सब जो सहते हैं,
करते कुछ प्रतिकार न अब हम चुप रहते हैं!

आज न पशु हैं हम, या गूँगे काननचारी,
यह उपकृति क्या भूल गये तुम आज हमारी
वे बोले सक्रोध मानसिक भीषण दुख से,
"देखो पाप पुकार उठा अपने ही सुख से!

तुमने योगक्षेम से अधिक संचय वाला,
लोभ सिखा कर इस विचार-संकट में डाला।
हम संवेदनशील हो चले यही मिला सुख,
कष्ट समझने लगे बना कर निज कृत्रिम दुख।

प्रकृत-शक्ति तुमने यंत्रों से सब की छीनी।
शोषण कर जीवनी बना दी जर्जर झीनी!
और इड़ा पर यह क्या अत्याचार किया है?
इसीलिये तू हम सबके बल यहाँ जिया है?

आज बंदिनी मेरी रानी इड़ा यहाँ है? ओ
यायावर! अब मेरा निस्तार कहाँ है?"
"तो फिर मैं हूँ आज अकेला जीवन रण में,
प्रकृति और उसके पुतलों के दल भीषण में।

आज साहसिक का पौरुष निज तन पर लेखें,
राजदंड को वज्र बना सा सचमुच देखें।
"यों कह मनु ने अपना भीषण अस्त्र सम्हाला
देव 'आग' ने उगली त्योंही अपनी ज्वाला।

छूट चले नाराच धनुष से तीक्ष्ण नुकीले
'टूट रहे नभ-धूमकेतु अति नीले-पीले।
अंधड़ था बढ़ रहा, प्रजा दल सा झुंझलाता,
रण वर्षा में शस्त्रों सा बिजली चमकाता।

किंतु क्रूर मनु वारण करते उन वाणों को,
बढ़े कुचलते हुए खड्ग से जन-प्राणों को।
तांडव में थी तीव्र प्रगति, परमाणु विकल थे,
नियति विकर्षणमयी, त्रास से सब व्याकुल थे।

मनु फिर रहे अलात-चक्र से उस घन-तम में,
वह रक्तिम-उन्माद नाचता कर निर्मम में।
उठ तुमुल रण-नाद, भयानक हुई अवस्था,
बढ़ा विपक्ष समूह मौन पददलित व्यवस्था।

आहत पीछे हटे, स्तंभ से टिक कर मनु ने,
श्वास लिया, टंकार किया दुर्लक्ष्यी धनु ने।
बहते विकट अधीर विषम उंचाट्-वात थे,
मरण-पर्व था, नेता आकुलि औ' किलात थे।

ललकारा, "बस अब इसको मत जाने देना"
किंतु सजग मनु पहुँच गये कह "लेना-लेना"।
"कायर, तुम दोनों ने ही उत्पात मचाया,
अरे, समझकर जिनको अपना था अपनाया।

तो फिर आओ देखो कैसे होती है बलि,
रण यह यज्ञ, पुरोहित ओ! किलात औ' आकुलि।
और धराशायी थे असुर-पुरोहित उस क्षण,
इड़ा अभी कहती जाती थी "बस रोको रण।

भीषण जन संहार आप ही तो होता है,
ओ पागल प्राणी तू क्यों जीवन खोता है!
क्यों इतना आतंक ठहर जा ओ गर्वीले,
जीने दे सबको फिर तू भी सुख से जी ले।"

किंतु सुन रहा कौण! धधकती वेदी ज्वाला,
सामूहिक-बलि का निकला था पंथ निराला।
रक्तोन्मद मनु का न हाथ अब भी रुकता था,
प्रजा-पक्ष का भी न किंतु साहस झुकता था।

वहीं धर्षिता खड़ी इड़ा सारस्वत-रानी,
वे प्रतिशोध अधीर, रक्त बहता बन पानी।
धूमकेतु-सा चला रुद्र-नाराच भयंकर,
लिये पूँछ में ज्वाला अपनी अति प्रलयंकर।

अंतरिक्ष में महाशक्ति हुंकार कर उठी
सब शस्त्रों की धारें भीषण वेग भर उठीं।
और गिरीं मनु पर, मुमूर्ष वे गिरे वहीं पर,
रक्त नदी की बाढ़ — फैलती थी उस भू पर[1]

1. यह — संघर्ष सर्ग युद्ध के नाम से पांडुलिपि में अभिहित है। आदि संस्करण (वि० 1993) के मुद्रणादेश के समय परवर्तित होकर यह इस प्रकार स्थिर हुआ है: जो काव्य के अभिप्राय के समीपतर है। संघर्ष की हेतु रूपिणी व्यापकता सूक्ष्म से स्थूल पर्यन्त है जब कि युद्ध एक परिणाम है — स्थूल व्यवहार की वस्तु है और इस सग का अंतिम दृश्य मात्र है। संघर्ष का हेतु भाव यहाँ आदि से अंत तक अधिकारी बना है। इड़ा सर्ग की ये पंक्तियाँ इस प्रसंग में अवलोक्य हैं —

फिर क्यों न तर्क को शस्त्रों से वे सिद्ध करें क्यों हो न युद्ध उनका संघर्ष चला अशांत वे भाव रहे अबतक विरुद्ध

आगामी सर्ग — "निर्वेद" का भी इसी प्रकार नाम परवर्तन हुआ है — पूर्वतःपांडुलिपि में, वह संधि-वाचित रहा। संधि टूट सकती है और पुनरपि विग्रह की संभावना रहती है: किंतु निर्वेद — संघर्ष की सर्वथा उपथम-भूमि है।

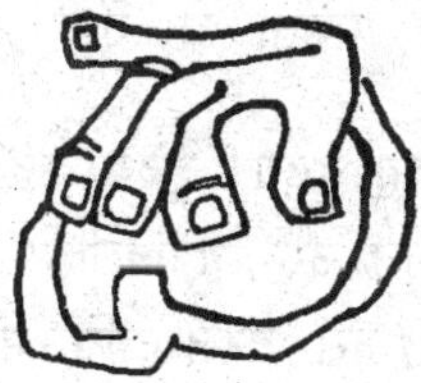

निर्वेद

वह सारस्वत नगर पड़ा था क्षुब्ध, मलिन, कुछ मौन बना,
जिसके ऊपर विगत कर्म का विष-विषाद-आवरण तना।
उल्का धारी प्रहरी से ग्रह — तारा नभ में टहल रहे,
वसुधा पर यह होता क्या है अणु अणु क्यों है मचल रहे?

जीवन में जागरण सत्य है या सुषुप्ति ही सीमा है,
आती है रह रह पुकार-सी 'यह भव-रजनी भीमा है।'
निशिचारी भीषण विचार के पंख भर रहे सर्राटे,
सरस्वती थी चली जा रही खींच रही-सी सन्नाटे।

अभी घायलों की सिसकी में जाग रही थी मर्म-व्यथा,
पुर-लक्ष्मी खगरव के मिस कुछ कह उठती थी करुण-कथा।
कुछ प्रकाश धूमिल सा उसके दीपों से था निकल रहा,
पवन चल रहा था रुक-रुक कर खिन्न, भरा अवसाद रहा।

भयमय मौन निरीक्षक-सा था सजग सतत चुपचाप खड़ा,
अंधकार का नील आवरण दृश्य-जगत से रहा बड़ा।
मंडप के सोपान पड़े थे सूने, कोई अन्य नहीं,
स्वयं इड़ा उस पर बैठी थी अग्नि-शिखा सी धधक रही।

शून्य राज-चिह्नों से मंदिर बस समाधि-सा रहा खड़ा,
क्योंकि वहीं घायल शरीर वह मनु का तो था रहा पड़ा।
इड़ा ग्लानि से भरी हुई बस सोच रही बीती बातें,
घृणा और ममता में ऐसी बीत चुकीं कितनी रातें।

नारी का वह हृदय! हृदय में — सुधा-सिंधु लहरें लेता,
वाड़व-ज्वलन उसी में जलकर कंचन सा जल रँग देता।
मधु-पिगल उस तरल-अग्नि में शीतलता संसृति रचती,
क्षमा और प्रतिशोध! आह रे दोनों की माया नचती।

"उसने स्नेह किया था मुझसे हाँ अनन्य वह रहा नहीं,
सहज लब्ध थी वह अनन्यता पड़ी रह सके जहाँ कहीं।
बाधाओं का अतिक्रमण कर जो अबाध हो दौड़ चले,
वही स्नेह अपराध हो उठा जो सब सीमा तोड़ चले।

"हाँ अपराध, किंतु वह कितना एक अकेले भीम बना,
जीवन के कोने से उठकर इतना आज असीम बना!
और प्रचुर उपकार सभी वह सहृदयता की सब माया,
शून्य-शून्य था! केवल उसमें खेल रही थी छल छाया!

"कितना दुखी एक परदेशी बन, उस दिन जो आया था,
जिसके नीचे धारा नहीं थी शून्य चतुर्दिक छाया था।
वह शासन का सूत्रधार था नियमन का आधार बना,
अपने निर्मित नव विधान से स्वयं दंड साकार बना।

"सागर की लहरों से उठ कर शैल-शृंग पर सहज चढ़ा,
अप्रतिहत गति, संस्थानों से रहता था जो सदा बढ़ा।

आज पड़ा है वह मुमूर्ष सा वह अतीत सब सपना था,
उसके ही सब हुए पराये सबका ही जो अपना था।

"किंतु वही मेरा अपराधी जिसका वह उपकारी था,
प्रकट उसी से दोष हुआ है जो सबको गुणकारी था।
अरे सर्ग-अकुंर के दोनों पल्लव है ये भले बुरे,
एक दूसरे की सीमा हैं क्यों न युगल को प्यार करें?

"अपना हो या औरों का सुख बढ़ा कि बस दुख बना वहीं,
कौन बिंदु है रुक जाने का यह जैसे कुछ ज्ञात नहीं।
प्राणी निज-भविष्य-चिंता में वर्त्तमान का सुख छोड़े,
दौड़ चला है बिखराता सा अपने ही पथ में रोड़े।

"इसे दंड देने मैं बैठी या करती रखवाली मैं,
यह कैसी है विकट पहेली कितनी उलझन वाली मैं?
एक कल्पना है मीठी यह इससे कुछ सुंदर होगा,
हाँ कि, वास्तविकता से अच्छी सत्य इसी को वर देगा।"

चौंक उठी अपने विचार से कुछ दूरागत-ध्वनि सुनती,
इस निस्तब्ध-निशा में कोई चली आ रही है कहती
— "अरे बता दो मुझे दया कर कहाँ प्रवासी है मेरा?
उसी बावले से मिलने को डाल रही हूँ मैं फेरा।

रूठ गया था अपनेपन से अपना सकी न उसको मैं,
वह तो मेरा अपना ही था भला मनाती किसको मैं!
यही भूल अब शूल-सदृश हो साल रही उर में मेरे,
कैसे पाऊँगी उसको मैं कोई आकर कह दे रे!"

इड़ा उठी, दिख पड़ा राजपथ धुँधली-सी छाया चलती,
वाणी में थी करूणा-वेदना वह पुकार जैसे जलती।
शिथिल शरीर, वसन विशृंखल कबरी अधिक अधीर खुली,
छिन्नपत्र मकरंद लुटी सी ज्यों मुरझायी हुई कली।

नव कोमल अवलंब साथ में वय किशोर उँगली पकड़े,
चला आ रहा मौन धैर्य सा अपनी माता को जकड़े।
थके हुए थे दुखी बटोही वे दोनों ही माँ-बेटे,
खोज रहे थे भूले मनु को जो घायल हो कर लेटे।

इड़ा आज कुछ द्रवित हो रही दुखियों को देखा उसने,
पहुँची पास और फिर पूछा "तुमको बिसराया किसने?
इस रजनी में कहाँ भटकती जाओगी तुम बोलो तो,
बैठो आज अधिक चंचल हूँ व्यथा-गाँठ निज खोलो तो।

जीवन की लम्बी यात्रा में खोये भी हैं मिल जाते,
जीवन है तो कभी मिलन है कट जाती दुख की रातें।"
श्रद्धा रुकी कुमार श्रांत था मिलता है विश्राम यहीं,
चली इड़ा के साथ जहाँ पर वह्नि शिखा प्रज्वलित रही।

सहसा धधकी वेदी ज्वाला मंडप आलोकित करती,
कामायनी देख पायी कुछ पहुँची उस तक डग भरती।
और वही मनु! घायल सचमुच तो क्या सच्चा स्वप्न रहा?
आह प्राणप्रिय! यह क्या? तुम यों! धुला हृदय, बन नीर बहा।

इड़ा चकित, श्रद्धा आ बैठी वह थी मनु को सहलाती,
अनुलेपन-सा मधुर स्पर्श था व्यथा भला क्यों रह जाती?

उस मूर्च्छित नीरवता में कुछ हलके से स्पंदन आये,
आँखे खुलीं चार कोनों में चार बिंदु आकर छाये।

उधर कुमार देखता ऊँचे मंदिर, मंडप, वेदी को,
यह सब क्या है नया मनोहर कैसे ये लगते जी को?
माँ ने कहा 'अरे आ तू भी देख पिता हैं पड़े हुए,
'पिता! आ गया लो' यह कहते उसके रोयें खड़े हुए।

"माँ जल दे, कुछ प्यासे होंगे क्या बैठी कर रही यहाँ?"
मुखर हो गया सूना मंडप यह सजीवता रही कहाँ?
आत्मीयता घुली उस घर में छोटा सा परिवार बना,
छाया एक मधुर स्वर उस पर श्रद्धा का संगीत बना।

"तुमुल कोलाहल कलह में
मैं हृदय की बात रे मन!
विकल होकर नित्य चंचल,
खोजती जब नींद के पल,
चेतना थक-सी रही तब,
मैं मलय की वात रे मन!
चिर-विषाद-विलीन मन की, इस व्यथा के तिमिर-वन की;
मैं उषा-सी ज्योति-रेखा, कुसुम-विकसित प्रात रे मन!

जहाँ मरु-ज्वाला धधकती,
चातकी कन को तरसती,
उन्हीं जीवन-घाटियों की,
मैं सरस बरसात रे मन!

पवन की प्राचीर में रुक
जला जीवन जी रहा झुक,
इस झुलसते विश्व-दिन की
मैं कुसुम-ऋतु-रात रे मन!

चिर निराशा नीरधार से,
प्रतिच्छायित अश्रु-सर में,
मधुप-मुखर मरंद-मुकुलित,
मैं सजल जलजात रे मन!"

उस स्वर-लहरी के अक्षर सब संजीवन रस बने घुले।
उधर प्रभात हुआ प्राची में मनु के मुद्रित-नयन खुले।
श्रद्धा का अवलंब मिला फिर कृतज्ञता से हृदय भरे,
मनु उठ बैठे गद्‌गद् होकर बोले कुछ अनुराग भरे।

"श्रद्धा! तू आ गयी भला तो — पर क्या मैं था यहीं पड़ा!"
वही भवन, वे स्तंभ, वेदिका! बिखरी चारों ओर घृणा।
आँख बंद कर लिया क्षोभ से "दूर दूर ले चल मुझको,
इस भयावने अधंकार में खो दूँ कहीं न फिर तुझको।

हाथ पकड़ ले, चल सकता हूँ — हाँ कि यही अवलंब मिले,
वह तू कौन? परे हट, श्रद्धे! आ कि हृदय का कुसुम खिले।"
श्रद्धा नीरव सिर सहलाती आँखों में विश्वास भरे,
मानो कहती "तुम मेरे हो अब क्यों कोई वृथा डरे?"

जल पीकर कुछ स्वस्थ हुए से लगे बहुत धीरे कहने,
"ले चल इस छाया के बाहर मुझको दे न यहाँ रहने।

मुक्त नील नभ के नीचे या कहीं गुहा में रह लेंगे,
अरे झेलता ही आया हूँ — जो आवेगा सह लेंगे।"

"ठहरो कुछ तो बल आने दो लिवा चलूँगी तुरत तुम्हें,
इतने क्षण तक श्रद्धा बोली — "रहने देंगी क्या न हमें?"
इड़ा संकुचित उधर खड़ी थी यह अधिकार न छीन सकी,
श्रद्धा अविचल, मनु अब बोले उनकी वाणी नहीं रुकी।

"जब जीवन में साध भरी थी उच्छृंखल अनुरोध भरा,
अभिलाषायें भरी हृदय में अपनेपन का बोध भरा।
मैं था, सुंदर कुसुमों की वह सघन सुनहली छाया थी,
मलयानिल की लहर उठ रही उल्लासों की माया थी।
उषा अरुण प्याला भर लाती सुरभित छाया के नीचे,
मेरा यौवन बीता सुख से अलसाई आँखे मींचे।
ले मकरंद नया चू पड़ती शरद-प्रात की शेफाली,
बिखराती सुख ही, संध्या की सुंदर अलकें घुँघराली।

सहसा अधंकार की आँधी उठी क्षितिज से वेग भरी,
हलचल से विक्षुब्ध विश्व — थी उद्वेलित मानस लहरी।
व्यथित हृदय उस नीले नभ में छायापथ-सा खुला तभी,
अपनी मंगलमयी मधुर-स्मिति कर दी तुमने देवि! जभी!

दिव्य तुम्हारी अमर अमिट छवि लगी खेलने रंग-रली,
नवल हेम-लेखा सी मेरे हृदय-निकष पर खिंची भली।
अरुणाचल मन मंदिर की वह मुग्ध-माधुरी नव प्रतिमा,
लगी सिखाने स्नेह-मयी सी सुंदरता की मृदु महिमा।

उस दिन तो हम जान सके थे सुंदर किसको हैं कहते!
तब पहचान सके, किसके हित प्राणी यह दुख-सुख सहते।
जीवन कहता यौवन से "कुछ देखा तूने मतवाले"
यौवन कहता "साँस लिये चल कुछ अपना संबल पाले!"

हृदय बन रहा था सीपी सा तुम स्वाती की बूँद बनीं,
मानस-शतदल झूम उठा जब तुम उसमें मकरंद बनीं।
तुमने इस सूखे पतझड़ में भर दी हरियाली कितनी,
मैंने समझा मादकता है तृप्ति बन गयी वह इतनी!

विश्व, कि जिसमें दुख की आँधी पीड़ा की लहरी उठती,
जिसमें जीवन मरण बना था बुदबुद की माया नचती।
वही शांत उज्ज्वल मंगल सा दिखता था विश्वास भरा,
वर्षा के कदंब कानन सा सृष्टि-विभव हो उठा हरा।

भगवती! वह पावन मधु-धारा! देख अमृत भी ललचाये,
वही, रम्य सौंदर्य-शैल से जिनमें जीवन धुल जाये!
संध्या अब ले जाती मुझसे ताराओं की अकथ कथा,
नींद सहज ही लेती थी सारे श्रम की विकल व्यथा।

सकल कुतूहल और कल्पना उन चरणों से उलझ पड़ी,
कुसुम प्रसन्न हुए हँसते से जीवन की वह धन्य घड़ी।
स्मिति मधुराका थी, शवासों से पारिजात कानन खिलता,
गति मरंद-मथंर मलयज-सी स्वर में वेणु कहाँ मिलता!

श्वास-पवन पर चढकर मेरे दूरागत वंशी-रव-सी,
गूँज उठीं तुम, विश्व-कुहर में दव्यि-रागिनी-अभिनव-सी!

जीवन-जलनिधि के तल से जो मुक्ता थे वे निकल पडे,
जग-मंगल-संगीत तुम्हारा गाते मेरे रोम खड़े।

आशा की आलोक-किरन से कुछ मानस से ले मेरे,
लघु जलधर का सृजन हुआ था जिसको शशिलेखा घेरे
— उस पर बिजली की माला-सी झूम पड़ी तुम प्रभा भरी,
और जलद वह रिमझिम बरसा मन-वनस्थली हुई हरी!

तुमने हँस हँस मुझे सिखाया विश्व खेल है खेल चलो,
तुमने मिलकर मुझे बताया सबसे करते मेल चलो।
यह भी अपनी बिजली के से विभ्रम से संकेत किया,
अपना मन है, जिसको चाहा तब इसको दे दान दिया।

तुम अजस्र वर्षा सुहाग की और स्नेह की मधु-रजनी,
चिर अतृप्ति जीवन यदि था तो तुम उसमें संतोष बनी।
कितना है उपकार तुम्हारा आश्रित मेरा प्रणय हुआ,
कितना आभारी हूँ, इतना संवेदनमय हृदय हुआ।

किंतु अधम मैं समझ न पाया उस मंगल की माया को,
और आज भी पकड़ रहा हूँ हर्ष शोक की छाया को,
मेरा सब कुछ क्रोध मोह के उपादान से गठित हुआ,
ऐसा ही अनुभव होता है किरनों ने अब तक न छुआ।

शापित-सा मैं जीवन का यह ले कंकाल भटकता हूँ,
उसी खोखलेपन में जैसे कुछ खोजता अटकता हूँ।
अंध-तमस् है, किंतु प्रकृति का आकर्षण है खींच रहा,
सब पर, हाँ अपने पर भी मैं झुँझलाता हूँ खीझ रहा।

नहीं पा सका हूँ मैं जैसे जो तुम देना चाह रही,
क्षुद्र पात्र! तुम उसमें कितनी मधु-धारा हो ढाल रही।
सब बाहर होता जाता है स्वगत उसे मैं कर न सका,
बुद्धि-तर्क के छिद्र हुए थे हृदय हमारा भर न सका।

यह कुमार — मेरे जीवन का उच्च-अंश, कल्याण-कला!
कितना बडा प्रलोभन मेरा हृदय स्नेह बन जहाँ ढला।
सुखी रहें, सब सुखी रहें बस छोड़ो मुझ अपराधी को",
श्रद्धा देख रही चुप मनु के भीतर उठती आँधी को।

दिन बीता रजनी भी आयी तंद्रा निद्रा संग लिये,
इड़ा कुमार समीप पड़ी थी मन की दबी उमंग लिये।
श्रद्धा भी कुछ खिन्न थकी सी हाथों को उपधान किये,
पड़ी सोचती मन ही मन कुछ, मनु चुप सब अभिशाप पिये —

सोच रहे थे, "जीवन सुख है? ना, यह विकट पहेली है,
भाग अरे मनु! इंद्रजाल से कितनी व्यथा न झेली है?
यह प्रभात की स्वर्ण किरन-सी झिलमिल चंचल-सी छाया,
श्रद्धा को दिखलाऊँ कैसे यह मुख या कलुषित काया।

और शत्रु सब, ये कृतघ्न फिर इनका क्या विश्वास करूँ,
प्रतिहिंसा प्रतिशोध दबा कर मन ही मन चुपचाप मरूँ।
श्रद्धा के रहते यह संभव नहीं कि कुछ कर पाऊँगा,
तो फिर शांति मिलेगी मुझको जहाँ, खोजता जाऊँगा।

जगे सभी जब नव प्रभात में देखें तो मनु वहाँ नहीं,
'पिता कहाँ' कह खोज रहा यह कुमार अब शांत नहीं।
इड़ा आज अपने को सबसे अपराधी है समझ रही,
कामायनी मौन बैठी सी अपने में ही उलझ रही।

दर्शन

वह चंद्रहीन थी एक रात,
जिसमें सोया था स्वच्छ प्रात;
उजले-उजले तारक, झलमल,
प्रतिबिंबित सरिता वक्षस्थल,
धारा बह जाती बिंब अटल,
खुलता था धीरे पवन-पटल,
चुपचाप खड़ी थी वृक्ष पांत,
सुनती जैसे कुछ निजी बात।

धूमिल छायायें रहीं घूम,
लहरी पैरों को रही चूम,
"माँ! तू चल आयी दूर इधर,
संध्या कब की चल गयी उधर,
इस निर्जन में अब क्या सुंदर
— तू देख रही, हाँ बस चल घर
उसमें से उठता गंध-धूम"
श्रद्धा ने वह मुख लिया चूम।

"माँ! क्यों तू है इतनी उदास,
क्या मैं हूँ तेरे नहीं पास,
तू कई दिनों से यों चुप रह,
क्या सोच रही है? कुछ तो कह,
यह कैसा तेरा दुख-दुसह,
जो बाहर-भीतर देता दह,
लेती ढीली सी भरी साँस,
जैसे होती जाती हताश।"

वह बोली "नील गगन अपार,
जिसमें अवनत घन सजल भार,
आते जाते, सुख, दुख, दिशि, पल,
शिशु सा आता कर खेल अनिल,
फिर झलमल सुंदर तारक दल,
नभ रजनी के जुगुनू अविरल,
यह विश्व अरे कितना उदार,
मेरा गृह रे उन्मुक्त-द्वार।

यह लोचन-गोचर-सकल-लोक,
संसृति के कल्पित हर्ष शोक,
भावोदधि से किरनों के मग,
स्वाती कन से बन भरते जग,
उत्थान-पतनमय सतत सजग,
झरने झरते आलिंगित नग,

उलझन की मीठी रोक टोक,
यह सब उसकी है नोंक झोंक।
जग, जगता आँखें किये लाल,
सोता ओढ़े तम-नींद-जाल,
सुरधनु सा अपना रंग बदल,
मृत्ति, संसृति नति, उन्नति में ढल,
अपनी सुषमा में यह झलमल,
इस पर खिलता झरता उडुदल,
अवकाश-सरोवर का मराल,
कितना सुंदर कितना विशाल!

इसके स्तर-स्तर में मौन शांति,
शीतल अगाध है, ताप-भ्रांति,
परिवर्त्तनमय यह चिर-मंगल,
मुसक्याते इसमें भाव सकल,
हँसता है इसमें कोलाहल,
उल्लास भरा सा अंतस्तल,
मेरा नविास अति-मधुर-कांति,
यह एक नीड़ है सुखद शांति।”

“अबे फिर क्यों इतना विराग,
मुझ पर न हुई क्यों सानुराग?”
पीछे मुड़ श्रद्धा ने देखा,
वह इड़ा मलिन छवि की रेखा,

ज्यों राहुग्रस्त-सी शशि-लेखा,
जिस पर विषाद की विष-रेखा,
कुछ ग्रहण कर रहा दीन त्याग,
सोया जिसका है भाग्य, जाग।
बोली "तुमसे कैसी विरक्ति,
तुम जीवन की अंधानुरक्ति,
मुझसे बिछुड़े को अवलंबन,
देकर, तुमने रक्खा जीवन,
तुम आशामयि! चिर आकर्षण,
तुम मादकता की अवनत धन,
मनु के मस्तक की चिर-अतृप्ति,
तुम उत्तेजित चंचला-शक्ति!

मैं क्या दे सकती तुम्हें मोल,
यह हृदय! अरे दो मधुर बोल,
मैं हँसती हूँ रो लेती हूँ,
मैं पाती हूँ खो देती हूँ,
इससे ले उसको देती हूँ,
मैं दुख को सुख कर लेती हूँ,
अनुराग भरी हूँ मधुर घोल,
चिर-विस्मृति-सी हूँ रही डोल।

यह प्रभापूर्ण तव मुख निहार,
मनु हत-चेतन थे एक बार,

नारी माया-ममता का बल,
वह शक्तिमयी छाया शीतल,
फिर कौन क्षमा कर दे निश्छल,
जिससे यह धन्य बने भूतल,
'तुम क्षमा करोगी' यह विचार,
मैं छोड़ूँ कैसे साधिकार।"
"अब मैं रह सकती नहीं मौन,
अपराधी किंतु यहाँ न कौन?
सुख-दुख जीवन में सब सहते,
पर केवल सुख अपना कहते,
अधिकार न सीमा में रहते,
पावस-निर्झर से वे बहते,
रोके फिर उनको भला कौन,
सबको वे कहते — 'शत्रु हो न!'

अग्रसर हो रही यहाँ फूट,
सीमायें कृत्रिम रहीं टूट,
श्रम-भाग वर्ग बन गया जिन्हें,
अपने बल का है गर्व उन्हें,
नियमों की करनी सृष्टि जिन्हें,
विप्लव की करनी वृष्टि उन्हें,
सब पिये भत्त लालसा घूँट,
मेरा साहस अब गया छूट।

मैं जनपथ-कल्याणी प्रसिद्ध,
अब अवनति कारण हूँ निषिद्ध,
मेरे सुविभाजन हुए विषम,
टूटते, नित्य बन रहे नियम,
नाना केंद्रों में जलधर-सम,
घिर हट, बरसे ये उपलोपम।
यह ज्वाला इतनी है समिद्ध,
आहूति बस चाह रही समृद्ध।
तो क्या मैं भ्रम में थी नितांत,
संहार-बध्य असहाय दांत,
प्राणी विनाश-मुख में अविरल,
चुपचाप चलें होकर निर्बल!
संघर्ष कर्म का मिथ्या बल,
ये शक्ति-चिन्ह, ये यज्ञ विफल,
भय की उपासना! प्रणति भ्रांत!
अनुशासन की छाया अशांत!

तिस पर मैंने छीना सुहाग,
हे देवि! तुम्हारा दिव्य-राग,
मैं आज अकिंचन पाती हूँ,
अपने को नहीं सुहाती हूँ,
मैं जो कुछ भी स्वर गाती हूँ,
वह स्वयं नहीं सुन पाती हूँ,
दो क्षमा, न दो अपना विराग,
सोयी चेतनता उठे जाग।"

"है रुद्र-रोष अब तक अशांत"
श्रद्धा बोली, "बन विषम ध्वांत!
सिर चढी रही! पाया न हृदय
तू विकल कर रही है अभिनय,
अपनापन चेतन का सुखमय,
खो गया, नहीं आलोक उदय,
सब अपने पथ पर चलें श्रांत,
प्रत्येक विभाजन बना भ्रांत।
जीवन धारा सुंदर प्रवाह,
सत्, सतत, प्रकाश सुखद अथाह,
ओ तर्कमयी! तू गिने लहर,
प्रतिबिंबित तारा पकड, ठहर,
तू रुक-रुक देखे आठ पहर,
वह जड़ता की स्थिति भूल न कर,
सुख-दुख का मधुमय धूप-छाँह,
तू ने छोड़ी यह सरल राह।

चेतनता का भौतिक विभाग —
कर, जग को बांट दिया विराग,
चिति का स्वरूप यह नित्य-जगत,
वह रूप बदलता है शत-शत,
कण विरह-मिलन-मय-नृत्य-निरत
उल्लासपूर्ण आनंद सतत
तल्लीन — पूर्ण है एक राग,
झंकृत है केवल 'जाग जाग!'

मैं लोक-अग्नि में तप नितांत,
आहुति प्रसन्न देती प्रशांत,
तू क्षमा न कर कुछ चाह रही,
जलती छाती की दाह रही,
तू ले ले जो निधि पास रही,
मुझको बस अपनी राह रही,
रह सौम्य! यहीं, हो सुखद प्रांत,
विनिमय कर दे कर कर्म कांत।
तुम दोनों देखो राष्ट्र-नीति,
शासक बन फैलाओ न भीति,
मैं अपने मनु को खोज चली,
सरिता, मरु, नग या कुंज-गली,
वह भोला इतना नहीं छली!
मिल जायेगा, हूं प्रेम-पली,
तब देखूँ कैसी चली रीति,
मानव! तेरी हो सुयश गीति।"

बोला बालक "ममता न तोड़,
जननी! मुझसे मुँह यों न मोड़,
तेरी आज्ञा का कर पालन,
वह स्नेह सदा करता लालन —
मैं मरूँ जिऊँ पर छुटे न प्रन,
वरदान बने मेरा जीवन!
जो मुझको तू यों चली छोड़,
तो मुझे मिले फिर यही क्रोड"

"हे सौम्य! इड़ा का शुचि दुलार,
हर लेगा तेरा व्यथा-भार,
यह तर्कमयी तू श्रद्धामय,
तू मननशील कर कर्म अभय,
इसका तू सब संताप निश्चय,
हर ले, हो मानव भाग्य उदय,
सब की समरसता कर प्रचार,
मेरे सुत! सुन माँ की पुकार।"
"अति मधुर वचन विश्वास मूल,
मुझको न कभी ये जायें भूल;
हे देवि! तुम्हारा स्नेह प्रबल,
बन दिव्य श्रेय-उद्गम अविरल,
आकर्षण घन-सा वितरे जल,
निर्वासित हों संताप सकल!"
कहा इड़ा प्रणत ले चरण धूल,
पकड़ा कुमार-कर मृदुल फूल।

वे तीनों ही क्षण एक मौन —
विस्मृत से थे, हम कहाँ कौन!
विच्छेद बाह्य, था आलिंगन —
वह हृदयों का, अति मधुर-मिलन
मिलते आहत होकर जलकन,
लहरों का यह परिणत जीवन,
दो लौट चले पुर ओर मौन,
जब दूर हुए तब रहे दो न।

निस्तब्ध गगन था, दिशा शांत,
वह था असीम का चित्र कांत।

कुछ शून्य बिंदु उर के ऊपर,
व्यथिता रजनी के श्रम सीकर,
झलके कब से पर पड़े न झर,
गंभीर मलिन छाया भू पर,

सरिता तट तरु का क्षितिज प्रांत,
केवल बिखेरता दीन ध्वांत,
शत-शत तारा मंडित अनंत,
कुसुमों का स्तबक खिला बसंत,

हँसता ऊपर का विश्व मधुर,
हलके प्रकाश से पूरित उर,
बहती माया सरिता ऊपर,
उठती किरणों की लोल लहर,

निचले स्तर पर छाया दुरंत,
आती चुपके, जाती तुरंत।

सरिता का वह एकांत कूल,
था पवन हिंडोले रहा झूल,

धीरे धीरे लहरों का दल,
तट से टकरा होता ओझल
छप छप का होता शब्द विरल,
थर थर कँप रहती दीप्ति तरल;

संसृति अपने में रही भूल,
वह गंध-विधुर अम्लान फूल।

तब सरस्वती-सा फेंक साँस,
श्रद्धा ने देखा आस-पास,
थे चमक रहे दो खुल नयन,
ज्यों शिलालग्न अनगढे रतन,
वह क्या तम में करता सनसन?
धारा का ही क्या यह निस्वन!
ना, गुहा लतावृत एक पास,
कोई जीवित ले रहा साँस।
वह निर्जन तट था एक चित्र,
कितना सुंदर, कितना पवित्र?
कुछ उन्नत थे वे शैल शिखर,
फिर भी ऊँचा श्रद्धा का सिर,
वह लोक-अग्नि में तप गल कर,
थी ढली स्वर्ण-प्रतिमा बन कर,
मनु ने देखा कितना विचित्र!
वह मातृ-मूर्त्ति थी विश्व-मित्र।

बोले "रमणी तुम नहीं आह!
जिसके मन में हो भरी चाह,
तुमने अपना सब कुछ खोकर,
वचिते! जिसे पाया रोकर,
मैं भगा प्राण जिनसे लेकर,
उसको भी, उन सब को देकर,
निर्दय मन क्या न उठा कराह?
अद्‌भुत है तब मन का प्रवाह!

ये श्वापद से हिंसक अधीर,
कोमल शावक वह बाल वीर,
सुनता था वह प्राणी शीतल,
कितना दुलार कितना निर्मल!
कैसा कठोर है तब हृत्तल!
वह इड़ा कर गयी फिर भी छल,
तुम बनी रही हो अभी धीर,
छुट गया हाथ से आह तीर।"
"प्रिय! अब तक हो इतने सशंक,
देकर कुछ कोई नहीं रंक,
यह विनियम है या परवित्तन,
बन रहा तुम्हारा ऋण अब धन,
अपराध तुम्हारा वह बंधन —
लो बना मुक्ति, अब छोड स्वजन
निर्वासित तुम, क्यों लगे डंक?
दो लो प्रसन्न, यह स्पष्ट अंक।"

"तुम देवि! आह कितनी उदार,
यह मातृमूर्त्ति है निर्विकार,
हे सर्वमंगले! तुम महती,
सबका दुख अपने पर सहती,
कल्याणमयी वाणी कहती,
तुम क्षमा निलय में हो रहती,
मैं भूला हूँ तुमको निहार —
नारी सा ही, वह लघु विचार।

मैं इस निर्जन तट में अधीर,
सह भूख व्यथा तीखा समीर,
हाँ भावचक्र में पिस पिस कर,
चलता ही आया हूँ बढ़ कर,
इनके विकार सा ही बनकर,
मैं शून्य बना सत्ता खोकर,
लघुता मत देखो वक्ष चीर,
जिसमें अनुशय बन घुसा तीर।"
"प्रियतम! यह नत निस्तब्ध रात
है स्मरण कराती विगत बात,
वह प्रलय शांति वह कोलाहल,
जब अर्पित कर जीवन संबल,
मैं हुई तुम्हारी थी निश्छल,
क्या भूलूँ मैं, इतनी दुर्बल?
तब चलो जहाँ पर शांति प्राप्त,
मैं नित्य तुम्हारी, सत्य बात।

इस देव-द्वंद्व का वह प्रतीक —
मानव! कर ले सब भूल ठीक,
यह विष जो फैला महा-विषम,
निज कर्मोन्नति से करते सम,
सब मुक्त बनें, काटेंगे भ्रम,
उनका रहस्य हो शुभ-संयम,
गिर जायेगा जो है अलोक,
चल कर मिटती है पड़ी लीक।"

वह शून्य असत या अंधकार,
अवकाश पटल का वार पार,
बाहर भीतर उन्मुक्त सघन,
था अचल महा नीला अंजन,
भूमिका बनी वह स्निग्ध मलिन,
थे निर्निमेष मनु के लोचन,
इतना अनंत था शून्य-सार,
दीखता न जिसके परे पार।
सत्ता का स्पंदन चला डोल,
आवरण पटल की ग्रंथि खोल,
तम जलनिधि का बन मधुमंथन,
ज्योत्स्ना सरिता का आलिंगन,
वह रजत गौर, उज्ज्वल जीवन,
आलोक पुरुष! मंगल चेतन!
केवल प्रकाश का था कलोल,
मधु किरणों की थी लहर लोल।

बन गया तमस था अलक जाल,
सर्वांग ज्योतिमय था विशाल,
अंतर्निनाद ध्वनि से पूरित,
थी शून्य-भेदिनी — सत्ता चित्,
नटराज स्वयं थे नृत्य-निरत,
था अंतरिक्ष प्रहसित मुखरित,
स्वर लय होकर दे रहे ताल,
थे लुप्त हो रहे दिशाकाल।

लीला का स्पंदित आह्लाद,
वह प्रभा-पुंज चितिमय प्रसाद,

आनंद पूर्ण तांडव सुंदर,
झरते थे उज्ज्वल श्रम सीकर,
बनते तारा, हिमकर, दिनकर,
उड़ रहे धूलिकण-से भूधर,

संहार सृजन से युगल पाद —
गतिशील, अनाहत हुआ नाद।
बिखरे असंख्य ब्रह्मांड गोल,
युग त्याग ग्रहण कर रहे तोल,

विद्युत् कटाक्ष चल गया जिधर,
कंपित संसृति बन रही उधर,
चेतन परमाणु अनंथ बिखर,
बनते विलीन होते क्षण भर;

यह विश्व झूलता महा दोल,
परविर्त्तन का पट रहा खोल।

उस शक्ति-शरीरी का प्रकाश,
सब शाप पाप का कर विनाश —

नर्त्तन में निरत, प्रकृति गल कर
उस कांति सिंधु में घुल-मिलकर,
अपना स्वरूप धरती सुंदर,
कमनीय बना था भीषणतर,

हीरक गिरि पर विद्युत-विलास,
उल्लसित महा हिम धवल हास।

देखा मनु ने नर्त्तित नटेश,
हत चेत पुकार उठे विशेष
"यह क्या! श्रद्धे! बस तू ले चल,
उन चरणों तक, दे निज संबल,
सब पाप पुण्य जिसमें जल-
जल, पावन बन जाते हैं निर्मल,
मिटते असत्य-से ज्ञान-लेश,
समरस, अखंड, आनंद-वेश"!

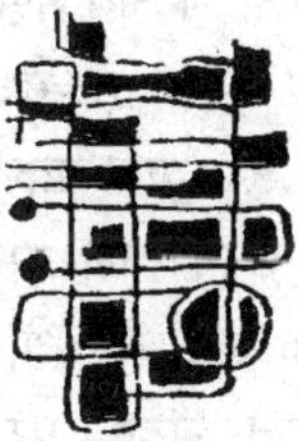

रहस्य

उर्ध्व देश उस नील तमस में, स्तब्ध हो रही अचल हिमानी,
पथ थककर हैं लीन, चतुर्दिक् देख रहा वह गिर अभिमानी।
दोनों पथिक चले हैं कब से ऊँचे ऊँचे चढ़ते चढ़ते,
श्रद्धा आगे मनु पीछे थे, साहस उत्साही से बढ़ते।

पवन वेग प्रतिकूल उधर था, कहता, 'फिर जा अरे बटोही!
किधर चला तू मुझे भेद कर! प्राणों के प्रति क्यों निर्मोही?
छूने को अंबर मचली सी बढ़ी जा रही सतत उँचाई।
विक्षत उसके अंग, प्रगट थे भीषण खड्ड भयकरी खाँई।

रविकर हिम खंडों पर पड कर हिमकर कितने नये बनाता,
द्रुततर चक्कर काट पवन भी फिर से वहीं लौट आ जाता।
नीचे जलधर दौड़ रहे थे सुंदर सुर-धनु गाला पहने,
कुंजर-कलभ सदृश इठलाते चमकाते चपला के गहने।

प्रवहमान थे निम्न देश में शीतल शत-शत निर्झर ऐसे,
महाश्वेत गजराज गंड से बिखरीं मध धारायें जैसे।
हरियाली जिनकी उभरी, वे समतल चित्रपटी से लगते,
प्रतिकृतियों के बाह्य रेख-से स्थिर, नद जो प्रति पल थे भगते।

लघुतम वे सब जो वसुधा पर ऊपर महाशून्य का घेरा,
ऊँचे चढ़ने की रजनी का यहाँ हुआ जा रहा सबेरा।

"कहाँ ले चली हो अब मुझको श्रद्धे! मैं थक चला अधिक हूँ,
साहस छूट गया है मेरा निस्संबल भग्नाश पथिक हूँ,
लौट चलो, इस वात-चक्र से मैं दुर्बल अब लड़ न सकूँगा,
श्वास रुद्ध करने वाले इस शीत पवन से अड़ न सकूँगा।
मेरे, हाँ वे सब मेरे थे, जिन से रूठ चला आया हूँ,
वे नीचे छूटे सुदूर, पर भूल नहीं उनको पाया हूँ।"

वह विश्वास भरी स्मिति निश्छल, श्रद्धा-मुख पर झलक उठी थी,
सेवा कर-पल्लव में उसके कुछ करने को ललक उठी थी।
दे अवलंब, विकल साथी को कामायनी मधुर स्वर बोली,
"हम बढ़ दूर निकल आये, अब करने का अवसर न ठिठोली।

दिशा-विकंपित, पल असीम है यह अनंत सा कुछ ऊपर है,
अनुभव करते हो, बोलो क्या पदतल में, सचमुच भूधर है?
निराधार हैं किन्तु ठहरना हम दोनों को आज यहीं है;
नियति खेल देखूँ न, सुनो अब इसका अन्य उपाय नहीं है।

झाँई लगती जो, वह तुमको ऊपर उठने को है कहती,
इस प्रतिकूल पवन धक्के को झोंक दूसरी ही आ सहती।
श्रांत पक्ष, कर नेत्र बंद बस, विहग-युगल से आज हम रहे।
शून्य पवन बन पंख हमारे हमको दें आधार, जम रहें।

घबराओ मत! यह समतल है, देखो तो, हम कहाँ आ गये"
मनु ने देखा आँख खोल कर, जैसे कुछ कुछ त्राण पा गये।

ऊष्मा का अभिनव अनुभव था, ग्रह, तारा, नक्षत्र अस्त थे,
दिवा-रात्रि के संधि-काल में ये सब कोई नहीं व्यस्त थे।

ऋतुओं के स्तर हुये तिरोहित भू-मंडल-रेखा विलीन-सी,
निराधार उस महादेश में, उदित सचेतना नवीन-सी।
त्रिदिक विश्व, आलोक बिन्दु भी तीन दिखाई पड़े अलग वे,
त्रिभुवन के प्रतिनिधि थे मानो वे अनमिल थे किन्तु सजग थे।

मनु ने पूछा, "कौन नये ग्रह ये हैं, श्रद्धे! मुझे बताओ? मैं
किस लोक बीच पहुँचा, इस इंद्रजाल से मुझे बचाओ।"

"इस त्रिकोण के मध्य बिंदु तुम शक्ति विपुल क्षमता वाले ये,
एक एक को स्थिर हो देखो इच्छा, ज्ञान, क्रिया वाले ये।
वह देखो रागारुण है जो उषा के कंदुक सा सुंदर,
छायामय कमनीय कलेवर भाव-मयी प्रतिमा का मंदिर।

शब्द, स्पर्श, रस, रूप, गंध की पारदर्शिनी सुघड़ पुतलियाँ,
चारों ओर नृत्य करतीं ज्यों रूपवती रंगीन तितलियाँ!
इस कुसुमाकर के कानन के अरुण पराग पटल छाया में,
इठलातीं सोतीं जगतीं ये अपनी भाव-भरी माया में।

यह संगीतात्मक ध्वनि इनकी कोमल अँगड़ाई है लेती,
मादकता की लहर उठा कर अपना अंबर तर कर देती।
आलिंगन-सी मधुर प्रेरणा छू लेती, फिर सिहरन बनती
नव-अलंबुषा की व्रीड़ा-सी, खुल जाती है, फिर जा मुँदती।

यह जीवन की मध्य-भूमि है रस-धारा से सिंचित होती,
मधुर लालसा की लहरों से यह प्रवाहिका स्पंदित होती।
जिसके तट पर विद्युत-कण से मनोहारिणी आकृति वाले,
छायामय सुषमा में विह्वल विचर रहे सुंदर मतवाले।

सुमन-संकुलित भूमि-रंध्र-से मधुर गंध उठती रस-भीनी,
वाष्प अदृश फुहारे इसमें छूट रहे, रस-बूँदे झीनी।
घूम रही है यहाँ चतुर्दिक् चलचित्रों सी संसृति छाया,
जिस आलोक-बिंदु को घेरे वह बैठी मुसक्याती माया।

भाव-चक्र यह चला रही है इच्छा की रथ-नाभि घूमती;
नवरस-भरी अराएँ अविरल चक्रवाल को चकित चूमतीं।
यहाँ मनोमय विश्व कर रहा रागारुण चेतन उपासना,
माया-राज्य! यही परिपाटी पाश बिछा कर जीव फाँसना।

ये अशरीरी रूप, सुमन से केवल वर्ण गंध में फूले,
इन अप्सरियों की तानों के मचल रहे हैं सुंदर झूले,
भाव-भूमिका इसी लोक की जननी है सब पुण्य-पाप की,
ढलते सब, स्वभाव प्रतिकृति बन गल ज्वाला से मधुर ताप की।

नियममयी उलझन लतिका का भाव विटपि से आकर मिलना,
जीवन-वन की बनी समस्या आशा नभकुसुमों का खिलना।
चिर-वसंत का यह उद्‌गम है पतझर होता एक ओर है,
अमृत हलाहल यहाँ मिले है सुख-दुख बँधते, एक डोर हैं।"

"सुदंर यह तुमने दिखलाया किंतु कौन वह श्याम देश है?
कामायनी! बताओ उसमें क्या रहस्य रहता विशेष है।"

"मनु यह श्यामल कर्म लोक है, धुँधला कुछ-कुछ अधंकार-सा,
सघन हो रहा अविज्ञात यह देश मलिन है धूम-धार सा।
कर्म-चक्र-सा घूम रहा है यह गोलक, बन नियति-प्रेरणा,
सब के पीछे लगी हुई है कोई व्याकुल नयी एषणा।

श्रममय कोलाहल, पीड़नमय विकल प्रवर्त्तन महायंत्र का
क्षण भर भी विश्राम नहीं है प्राण दास हैं क्रिया-तंत्र का
भाव-राज्य के सकल मानसिक सुख यों दुख में बदल रहे हैं,
हिंसा गर्वोन्नत हारों में ये अकड़े अणु टहल रहे हैं।

ये भौतिक सदेह कुछ करके जीवित रहना यहाँ चाहते,
भाव-राष्ट्र के नियम यहाँ पर दंड बने हैं, सब कराहते।
करते हैं, संतोष नहीं है जैसे कशाघात-प्रेरित से —
प्रति क्षण करते ही जाते हैं भीति-विवश ये सब कंपित से।

नियति चलाती कर्म-चक्र यह तृष्णा-जनित ममत्व-वासना,
पाणि-पादमय पंचभूत की यहाँ हो रही है उपासना।
यहाँ सतत संघर्ष विफलता कोलाहल का यहाँ राज है,
अंधकार में दौड़ लग रही मतवाला यह सब समाज है।

स्थूल हो रहे रूप बना कर कर्मों की भीषण परिणति है,
आकांक्षा की तीव्र पिपासा! ममता की यह निर्मम गति है।
यहाँ शासनादेश घोषणा विजयों की हुंकार सुनाती,
यहाँ भूख से विकल दलित को पदतल में फिर फिर गिरवाती।

यहाँ लिये दायित्व कर्म का उन्नति करने के मतवाले,
जल-जला कर फूट पड़ रहे ढुल कर बहने वाले छाले।
यहाँ राशिकृत विपुल विभव सब मरीचिका-से दीख पड़ रहे,
भाग्यवान बन क्षणिक भोग के वे विलीन, ये पुनः गड़ रहे।

बड़ी लालसा यहाँ सुयश की अपराधों की स्वीकृति बनती,
अंध प्रेरणा से परिचालित कर्त्ता में करते निज गिनती।
प्राण तत्त्व की सघन साधना जल, हिम उपल यहाँ है बनता,
प्यासे घायल हो जल जाते मर-मर कर जीते ही बनता।

यहाँ नील-लोहित ज्वाला कुछ जला गला कर नित्य ढालती
चोट सहन कर रुकने वाली धातु, न जिसको मृत्यु सालती।
वर्षा के घन नाद कर रहे तट-कूलों को सहज गिराती,
प्लावित करती वन कुंजों को लक्ष्य प्राप्ति सरिता बह जाती।"

"बस! अब और न इसे दिखा तू यह अति भीषण कर्म जगत है,
श्रद्धे! वह उज्ज्वल कैसा है जैसे पुंजीभूत रजत है।"

"प्रियतम! यह तो ज्ञान-क्षेत्र है सुख दुख से है उदासीनता,
यहाँ न्याय निर्मम, चलता है बुद्धि-चक्र, जिसमें न दीनता।
अस्ति-नास्ति का भेद, निरंकुश करते ये अणु तर्क-युक्ति से,
ये निस्संग, किंतु कर लेते कुछ संबंध-विधान मुक्ति से।

यहाँ प्राप्य मिलता है केवल तृप्ति नहीं, कर भेद बाँटती,
बुद्धि, विभूति सकल सिकता-सी प्यास लगी है ओस चाटती।
न्याय, तपन, ऐश्वर्य में पगे ये प्राणी चमकीले लगते,
इस निदाघ मरु में, सूखे से स्रोतों के तट जैसे जगते।

मनोभाव से कार्य-कर्म के समतोलन में दत्तचित्त से,
ये निस्पृह न्यायासन वाले चूक न सकते तनिक वित्त से!
अपना परिमित पात्र लिये ये बूँद-बूँद वाले निर्झर से,
माँग रहे हैं जीवन का रस बैठ यहाँ पर अजर-अमर-से।

यहाँ विभाजन धर्म-तुला का अधिकारों की व्याख्या करता,
यह निरीह, पर कुछ पाकर ही अपनी ढीली साँसे भरता।
उत्तमता इनका निजस्व है अंबुज वाले सर सा देखो,
जीवन-मधु एकत्र कर रही उन मधुमाखी सा बस लेखो।

यहाँ शरद की धवल ज्योत्स्ना अंधकार को भेद निखरती,
यह अनवस्था, युगल मिले से विकल व्यवस्था सदा बिखरती।
देखो वे सब सौम्य बने हैं किंतु सशंकित है दोषों से,
वे संकेत दंभ के चलते भ्रू-चालन मिस परितोषों से।

यहाँ अछूत रहा जीवन रस छुओ मत, संचित होने दो,
बस इतना ही भाग तुम्हारा तृष्णा! मृषा, वंचित होने दो।
सामंजस्य चले करने ये किंतु विषमता फैलाते हैं,
मूल-स्वत्व कुछ और बताते इच्छाओं को झुठलाते हैं।

स्वयं व्यस्त पर शांत बने-से शास्त्र शस्त्र-रक्षा में पलते,
ये विज्ञान भरे अनुशासन क्षण क्षण परविर्तन में ढलते।
यही त्रिपुर है देखा तुमने तीन बिंदु ज्योतिर्मय इतने,
अपने केंद्र बने दुख-सुख में भिन्न हुए हैं ये सब कितने!

ज्ञान दूर कुछ, क्रिया भिन्न है इच्छा क्यों पूरी हो मन की,
एक दूसरे से न मिल सके यह विडंबना है जीवन की।"
महाज्योति-रेखा-सी बनकर श्रद्धा की स्मिति दौड़ी उनमें,
वे संबद्ध हुए फर सहसा जाग उठी थी ज्वाला जिनमें।

नीचे ऊपर लचकीली वह विषम वायु में धधक रही सी,
महाशून्य में ज्वाल सुनहली सबको कहती 'नहीं नहीं' सी।
शक्ति तंरग प्रलय-पावक का उस त्रिकोण में निखर-उठा सा,
शृंग और डमरू निनाद बस सकल-विश्व में बिखर उठा-सा,

चितिमय चिता धधकती अविरल महाकाल का विषय नृत्य था
विश्व रंध्र ज्वाला से भरकर करता अपना विषम कृत्य था।
स्वप्न, स्वाप, जागरण भस्म हो इच्छा क्रिया ज्ञान मिल लय थे
दिव्य अनाहत पर-निनाद में श्रद्धायुत मनु बस तन्मय थे।

आनंद

चलता था धीरे-धीरे वह एक यात्रियों का दल,
सरिता के रम्य पुलिन में गिरिपथ से, ले निज संबल।
या सोम लता से आवृत वृष धवल, धर्म का प्रतिनिधि,
घंटा बजता तालों में उसकी थी मंथर गति-विधि।
वृष-रज्जु वाम कर में था दक्षिण त्रिशूल से शोभित,
मानव था साथ उसी के मुख पर था तेज अपरिमित।
केहरि-किशोर से अभिनव अवयव प्रस्फुटित हुए थे,
यौवन गंभीर हुआ था जिसमें कुछ भाव नये थे।
चल रही इड़ा भी वृष के दूसरे पार्श्व में नीरव,
गैरिक-वसना संध्या सी जिसके चुप थे सब कलरव।
उल्लास रहा युवकों का शिशु गण का था मृदु कलकल,
महिला-मंगल-गानों से मुखरित था वह यात्री दल।
चमरों पर बोझ लदे थे वे चलते थे मिल अविरल,
कुछ शिशु भी बैठ उन्हीं पर अपने ही बने कुतूहल।
माताएँ पकड़े उनको बातें थीं करती जातीं,
'हम कहाँ चल रहे' यह सब उनको विधवित समझातीं।
कह रहा एक था "तू तो कब से ही सुना रही है —
अब आ पहुँची लो देखो आगे वह भूमि यही है।

पर बढ़ती ही चलती है रूकने का नाम नहीं है,
वह तीर्थ कहाँ है कह तो जिसके हित दौड़ रही है।"

"वह अगला समतल जिस पर है देवदारू का कानन,
घन अपनी प्याली भरते ले जिसके दल से हिमकन।
हाँ इसी ढालवें को जब बस सहज उतर जावें हम,
फिर सम्मुख तीर्थ मिलेगा वह अति उज्ज्वल पावनतम।"

वह इड़ा समीप पहुँच कर बोला उसको रूकने की,
बालक था, मचल गया था कुछ और कथा सुनने को।
वह अपलक लोचन अपने पादाग्र विलोकन करती,
पथ-प्रदर्शिका-सी चलती धीरे-धीरे डग भरती।
बोली, "हम जहाँ चले हैं वह है जगती का पावन —
साधना प्रदेश किसी का शीतल अति शांत तपोवन।"
"कैसा? क्यों शांत तपोवन? विस्तृत क्यों नहीं बताती"
बालक ने कहा इड़ा से वह बोली कुछ सकुचाती —

"सुनती हूँ एक मनस्वी था वहाँ एक दिन आया,
वह जगती की ज्वाला से अति-विकल रहा झुलसाया।
उसकी वह जलन भयानक फैली गिरि अंचल में फिर,
दावाग्नि प्रखर लपटों ने कर दिया सघन बन अस्थिर।
थी अर्धांगिनी उसी की जो उसे खोजती आयी,
यह दशा देख, करूणा की — वर्षा दृग से भर लायी।
वरदान बने फिर उसके आँसू, करते जग — मंगल,
सब ताप शांत होकर, वन हो गया हरित, सुख — शीतल।
गिरि — निर्झर चले उछलते छायी फिर से हरियाली,
सूखे तरू कुछ मुसक्याये फूटी पल्लव में लाली।

वे युगल वहीं अब बैठे संसृति की सेवा करते,
संतोष और सुख देकर सब की दुख ज्वाला हरते।

हैं वहाँ महाह्लद निर्मल जो मन की प्यास बुझाता,
मानस उसको कहते हैं सुख पाता जो है जाता।

"तो यह वृष क्यों तू यों ही वैसे ही चला रही है,
क्यों बैठ न ज़ाती इस पर अपने को थका रही है?"
"सारस्वत-नगर-नविासी हम आये यात्रा करने
यह व्यर्थ, रिक्त-जीवन-घट पीयूष-सलिल से भरने।
इस वृषभ धर्म-प्रतिनिधि को उत्सर्ग करेंगे जाकर,
चिर-मुक्त रहे यह निर्भय स्वच्छंद सदा सुख पाकर।"

सब सम्हल गये थे आगे थी कुछ नीची उतराई,
जिस समतल घाटी में, वह थी हरियाली से छाई,
श्रम, ताप और पथ-पीड़ा क्षण भर में थे अंतर्हित,
सामने विराट धवल-नग अपनी महिमा से विलसित।
उसकी तलहटी मनोहर श्यामल तृण-वीरूध वाली,
नव-कुंज, गुहा-गृह सुंदर ह्लद से भर रही निराली।
वह मंजरियों का कानन कुछ अरूण पीत हरियाली,
प्रति-पर्व सुमन-सुकुल थे छिप गई उन्हीं में डाली।
यात्री दल ने रूक देखा मानस का दृश्य निराला,
खग-मृग को अति सुखदायक छोटा-सा जगत उजाला।
मरकत की वेदी पर ज्यों रक्खा हीरे का पानी,
छोटा सा मुकुर प्रकृति या सोयी राका रानी।
दिनकर गिरि के पीछे अब हिमकर था चढ़ा गगन में,

कैलास प्रदोष-प्रभा में स्थिर बैठा किसी लगन में।
संध्या समीप आयी थी उस सर के, कल्कल-वसना,
तारों से अलक गुँथी थी पहने कदंब की रशना।

खग कुल किलकार रहे थे, कलहंस कर रहे कलरव,
किन्नरियाँ बनी प्रतिध्वनि लेती थी तानें अभिनव।
मनु बैठे ध्यान-निरत थे उस निर्मल मानस-तट में,
सुमनों की अंजलि भर कर श्रद्धा थी खड़ी निकट में!
श्रद्धा ने सुमन बिखेरा शत-शत मधुपों का गुंजन,
भर उठा मनोहर नभ में मनु तन्मय बैठे उन्मन।
पहचान लिया था सब ने फिर कैसे अब वे रूकते,
वह देव-द्वंद्व द्युतिमय था फिर क्यों न प्रणति में झुकते।
तब वृषभ सोमवाही भी अपनी घंटा-ध्वनि करता,
बढ़ चला इड़ा के पीछे मानव भी था डग भरता।
हाँ इड़ा आज भूली थी पर क्षमा न चाह रही थी,
वह दृश्य देखने को निज दृग-युगल सराह रही थी।
चिर-मिलित प्रकृति से पुलकित वह चेतन-पुरूष-पुरातन,
निज-शक्ति-तरंगायित था आनंद-अंबु-निधि शोभन।
भर रहा अंक श्रद्धा का मानव उसको अपना कर,
था इड़ा-शीश चरणों पर वह पुलक भरी गदगद स्वर —
बोली — "मैं धन्य हुई हूँ जो यहाँ भूलकर आयी,
हे देवी! तुम्हारी ममता बस मुझे खींचती लायी।
भगवति, समझी मैं! सचमुच कुछ भी न समझ थी मुझको।
सब को ही भुला रही थी अभ्यास यही था मुझको।
हम एक कुटुब बना कर यात्रा करने हैं आये,
सुन कर यह दिव्य-तपोवन जिसमें सब अध छुट जाये।"

मनु ने कुछ-कुछ मुसक्या कर कैलाश ओर दिखलाया,
बोले, "देखो कि यहाँ पर कोई भी नहीं पराया।

हम अन्य न और कुटुंबी हम केवल एक हमीं हैं,
तुम सब मेरे अवयव हो जिसमें कुछ नहीं कमी है।
शापित न यहाँ है कोई तापित पापी न यहाँ है,
जीवन-वसुधा समतल हैं समरस है जो कि जहाँ है।
चेतन समुद्र में जीवन लहरों सा बिखर पड़ा है,
कुछ छाप व्यक्तिगत अपना निर्मित आकार खड़ा है।
इस ज्योत्स्ना के जलनिधि में बुद्‌बुद् सा रूप बनाये,
नक्षत्र दिखाई देते अपनी आभा चमकाये।
वैसे अभेद-सागर में प्राणों का सृष्टि-क्रम है,
सब में घुल मिल कर रसमय रहता यह भाव चरम है।
अपने दुख-सुख से पुलकित यह मूर्त-विश्व सचराचर,
चिति का विराट्-वपु मंगल यह सत्य सतत चित सुंदर।
सब की सेवा न परायी वह अपनी सुख-संसृति है,
अपना ही अणु अणु कण कण द्वयता ही तो विस्मृति है।
मैं की मेरी चेतनता सबको ही स्पर्श किये सी,
सब भिन्न परिस्थितियों की है मादक घूँट पिये सी।
जग ले ऊषा के दृग में सो ले निशि की पलकों में,
हाँ स्वप्न देख ले सुदंर उलझन वाली अलकों में —
चेतन का साक्षी मानव हो निर्विकार हंसता सा,
मानस के मधुर मिलन में गहरे गहरे धँसता सा।
सब भेद-भाव भुलवा कर दुख-सुख को दृश्य बनाता,
मानव कह रे! 'यह मैं हूँ, यह विश्व नीड़ बन जाता!"

श्रद्धा के मधु-अधरों की छोटी-छोटी रेखायें,
रागारूण किरण कला सी विकसीं बन स्मिति लेखायें।

वह कामायनी जगत की मंगल-कामना-अकेली,
थी-ज्योतिष्मती प्रफुल्लित मानस तट की बन बेली।
वह विश्व-चेतना पुलकित थी पूर्ण-काम की प्रतिमा,
जैसे गंभीर महाह्रद हो भरा विमल जल महिमा।
जिस मुरली के निस्वन से यह शून्य रागमय होता,
वह कामायनी विहँसती अग जग था मुखरित होता।
क्षण-भर में सब परविर्त्तित अणु अणु थे विश्व-कमल के,
पिगल-पराग से मचले आनंद-सुधा-रस छलके।
अति मधुर गधवह बहता परिमल बूँदों से सिंचित,
सुख-स्पर्श कमल-केसर का कर आया रज से रंजित।
जैसे असंख्य मुकुलों का मादन-विकास कर आया,
उनके अछूत अधरों का कितना चुंबन भर लाया,

रूक-रूक कर कुछ इठलाता जैसे कुछ हो वह भूला,
नव कनक-कुसुम-रज धूसर मकरंद-जलद-सा फूला।
जैसे वनलक्ष्मी ने ही बिखराया हो केसर-रज,
या हेमकूट हिम जल में झलकाता परछाई निज।
संसृति के मधुर मिलन के उच्छ्वास बना कर निज दल,
चल पड़े गगन-आँगन में कुछ गाते अभिनव मंगल।
वल्लरियाँ नृत्य निरत थीं, बिखरी सुगंध की लहरें,
फिर वेणु रंध्र से उठ कर मूर्च्छना कहाँ अब ठहरे।
गूँजते मधुर नूपुर से मदमाते होकर मधुकर,

वाणी की वीणा-धवनि-सी भर उठी शून्य में झिल कर।
उन्मद माधव मलयानिल दौड़े सब गिरते-पड़ते,
परिमल से चली नहा कर काकली, सुमन थे झड़ते।

सिकुड़न कोशेय वसन की थी विश्व-सुंदरी तन पर,
या मादन मृदुतम कंपन छायी संपूर्ण सृजन पर।
सुख-सहचर दुःख-विदूषक परिहास पूर्ण कर अभिनय,
सब की विस्मृति के पट में छिप बैठा था अब निर्भय।
थे डाल डाल में मधुमय मृदु मुकुल बने झालर से,
रस भार प्रफुल्ल सुमन सब धीरे-धीरे से बरसे।
हिम खंड रश्मि मंडित हो मणि-दीप प्रकाश दिखता,
जिनसे समीर टकरा कर अति मधुर मृदंग बजाता।
संगीत मनोहर उठता मुरली बजती जीवन की,
सकेंत कामना बन कर बतलाती दिशा मिलन की।
रश्मियाँ बनीं अप्सरियाँ अतंरिक्ष में नचती थीं,
परिमल का कन-कन लेकर निज रंगमंच रचती थी।
मांसल-सी आज़ हुई थी हिमवती प्रकृति पाषाणी,
उस लास-रास में विह्वल थी हँसती सी कल्याणी।
वह चंद्र किरीट रजत-नग स्पंदित-सा पुरष पुरातन,
देखता मानसी गौरी लहरों का कोमल नत्तर्न!
प्रतिफलित हुई सब आँखें उस प्रेम-ज्योति-विमला से,
सब पहचाने से लगते अपनी ही एक कला से।
समरस थे जड़ या चेतन सुंदर साकार बना था,
चेतनता एक विलसती आनंद अखंड घना था।

परिशिष्ट 1

आरईईटी, सीयूईटी, यूजीसी नेट और नेट में पूछे गए 65 प्रश्न

प्रश्न 1 : **जयशंकर प्रसाद द्वारा रचित 'कामायनी' में कुल कितने सर्ग हैं?**

अ. 10

ब. 12

स. 20

द. 15

उत्तर : **द. 15**

प्रश्न 2 : **'कामायनी' में चिंता सर्ग किस क्रम पर है?**

अ. पहले

ब. तीसरे

स. आठवें

द. दसवें

उत्तर : **अ. पहले**

प्रश्न 3 : **चिंता सर्ग की कथा का आरंभ भयंकर जलप्लावन से बचे किस मानव से होता है?**

अ. श्रद्धा

ब. मनु

स. इड़ा

द. इनमें से कोई नहीं

उत्तर : **ब. मनु**

प्रश्न 4 : **पुराणों की गणना के अनुसार वैवस्वत मनु को किस मन्वन्तर का आरंभकर्ता माना गया है?**

अ. दूसरे

ब. पांचवें

स. तीसरे

द. सातवें

उत्तर : **द. सातवें**

प्रश्न 5 : **जलप्लावन के उपरांत मनु किस पर्वत की उन्नत चोटी पर बैठे विध्वंसकारी दृश्य देख रहे थे?**

अ. विंध्याचल

ब. हिमालय

स. मदराचल

द. इनमें से कोई नहीं

उत्तर : **ब. हिमालय**

प्रश्न 6 : जलप्लावन में समस्त देवजाति के नष्ट हो जाने पर भी मनु किसके द्वारा बच गये?

अ. नाव के द्वारा

ब. तैरकर

स. पर्वत पर चढ़कर

द. अमर होने के कारण

उत्तर : अ. नाव के द्वारा

प्रश्न 7 : 'चिंता' सर्ग का पहला पद किस प्रकार का मंगलाचरण है?

अ. भक्ति निर्देशात्मक

ब. वस्तु निर्देशात्मक

स. भाव निर्देशात्मक

द. इनमें से कोई नहीं

उत्तर : **ब. वस्तु निर्देशात्मक**

प्रश्न 8 : प्रलय से बचने के लिए मनु ने जिस नौका का आश्रय लिया था उसे किसने अपनी पूंछ के झपाटे से हिमालय पर्वत पर पहुंचा दिया था?

अ. मगरमच्छ ने

ब. घड़ियाल ने

स. मत्स्य ने

द. महामत्स्य ने

उत्तर : **द. महामत्स्य ने**

प्रश्न 9 : मनु हिमालय पर्वत की जिस चोटी पर बैठे विचारमग्न थे, उसे शतपथ ब्राह्मण में क्या कहा गया है?

अ. शिषिणा

ब. मनोरवसर्पण

स. नौबन्धन

द. जूदी

उत्तर : ब. मनोरवसर्पण

प्रश्न 10 : चिंता सर्ग में किस संस्कृति के विनाश का वर्णन किया गया है?

अ. यक्ष संस्कृति

ब. असुर संस्कृति

स. देव संस्कृति

द. नाग संस्कृति

उत्तर : स. देव संस्कृति

प्रश्न 11 : मनु जिस स्थान पर बैठे थे उसके नीचे कौन ठाठें मार रहा था ?

अ. देवगण

ब. महामत्स्य

स. अथाह जल

द. ज्वालामुखी

उत्तर : स. अथाह जल

प्रश्न 12 : 'दूर-दूर तक विस्तृत था हिम, स्तब्ध उसी के रहस्य समान' पंक्ति में कौन-सा अलंकार है ?

अ. पूर्णोपमा

ब. प्रतीप

स. पुनरुक्तिप्रकाश

द. ये सभी

उत्तर : द. ये सभी

प्रश्न 13 : हिमालय पर्वत के ऊंचे शिखर पर शांत मुद्रा में बैठा मनु किसके समान लग रहा था?

अ. तपस्वी के

ब. प्रलय सिंधु के

स. तरूण तपस्वी के

द. शमसान के

उत्तर : स. तरूण तपस्वी के

प्रश्न 14 : मनु जिस नौका के सहारे प्रलय से बच सके थे, वह अब किससे बंधी थी ?

अ. शिला से

ब. देवदारू के वृक्ष से

स. बड़े वटवृक्ष से

द. आम्रवृक्ष से

उत्तर : स. बड़े वटवृक्ष से

प्रश्न 15 : मनु ने चिंता को किसकी 'चपल बालिके' कहा है?

अ. श्रद्धा की

ब. इड़ा की

स. अभाव की

द. पीड़ा की

उत्तर : स. अभाव की

प्रश्न 16 : मनु ने किसे मृग मरीचिका की चंचल लहर के समान छलनामयी कहा है?

अ. चिंता को

ब. आशा को

स. श्रद्धा को

द. रहस्य को

उत्तर : अ. चिंता को

प्रश्न 17 : चिंता-कातर मनु जहां बैठे हैं वह स्थान देवजाति के विनाश से कैसा बन गया है?

अ. वीरान

ब. हरा-भरा

स. कोलाहलपूर्ण

द. शमसान

उत्तर : द. शमसान

प्रश्न 18 : देवजाति ने केवल किसका संग्रह किया था?

अ. योग का

ब. तप का

स. सुख का

द. कामिनियों का

उत्तर : स. सुख का

प्रश्न 19 : मनु ने कुछ न सुनने वाली बहरी किसे कहा है?

अ. आशा को

ब. श्रद्धा को

स. इड़ा को

द. चिंता को

उत्तर : द. चिंता को

प्रश्न 20 : 'जरा अमर जीवन की' पंक्ति में कौन-सा अलंकार है?

अ. प्रतीप

ब. उल्लेख

स. विरोधाभास

द. रूपक

उत्तर : स. विरोधाभास

प्रश्न 21 : मनु ने चिंता को किसकी सूत्रधारिणी कहा है?

अ. व्याधि की

ब. शाप की

स. आधि की

द. वासना की

उत्तर : **अ. व्याधि की**

प्रश्न 22 : चिंता सर्ग में चिंता के किस अन्य नाम का उल्लेख है?

अ. बुद्धि

ब. मति

स. मनीषा

द. ये सभी

उत्तर : **द. ये सभी**

प्रश्न 23 : मनु चिंता करते-करते जब अत्यधिक व्यथित हो उठे, तब वे किसे अपने पास बुलाते हैं?

अ. आशा को

ब. निराशा को

स. विस्मृति को

द. इड़ा को

उत्तर : **स. विस्मृति को**

प्रश्न 24 : मनु के अनुसार देवताओं के महलों में किसके दीपक जलते थे?

अ. मिट्टी के

ब. मणियों के

स. स्वर्ण के

द. कांस्य के

उत्तर : ब. मणियों के

प्रश्न 25 : देव-दंभ के महामेघ में सब कुछ क्या बन गया?

अ. जल

ब. अग्नि

स. हविष्य

द. भविष्य

उत्तर : स. हविष्य

प्रश्न 26 : मनु ने 'अमरता के चमकीले पुतले' किसे कहा है?

अ. देवताओं को

ब. यक्षों को

स. असुरों को

द. किन्नरों को

उत्तर : अ. देवताओं को

प्रश्न 27 : 'देव दंभ के महामेध' में कौन-सा अलंकार है?

अ. उपमा

ब. विरोधाभास

स. रूपक

द. उत्प्रेक्षा

उत्तर : स. रूपक

प्रश्न 28 : 'स्वप्न रहा या छलना थी' में कौन-सा अलंकार है?

अ. परिकरांकुर

ब. विरोधाभास

स. संदेह

द. उल्लेख

उत्तर : स. संदेह

प्रश्न 29 : मनु के अनुसार देवताओं ने किसे अपने अधिकार में कर लिया था?

अ. बल

ब. वैभव

स. आनंद अपार

द. ये सभी

उत्तर : द. ये सभी

प्रश्न 30 : 'सब में एक अचेतन गति थी जिससे पिछड़ा रहे समीर' इस पंक्ति में कौन-सा अलंकार है?

अ. विरोधाभास

ब. उपमा

स. व्यतिरेक

द. विशेषण विपर्यय

उत्तर : स. व्यतिरेक

प्रश्न 31 : देवता और उनकी नारियां किसकी प्रेरणा से एक-दूसरे को छूने से रोमांचित होते थे?

अ. भोग-विलास की

ब. प्रकृति की

स. महादेव की

द. इनमें से कोई नहीं

उत्तर : अ. भोग-विलास की

प्रश्न 32 : देवताओं के रत्न सौध के वातायन में क्या आता था?

अ. भीड़

ब. मधु समीर

स. मदिर समीर

द. मधु-मदिर समीर

उत्तर : द. मधु-मदिर समीर

प्रश्न 33 : देवतागण देव-यजन के लिए कौन-सा यज्ञ करते थे?

अ. अश्वमेघ

ब. पशुयज्ञ

स. कालमेध

द. ये सभी

उत्तर : ब. पशुयज्ञ

प्रश्न 34 : देवलोक में देवकामिनी के नयनों से किसकी सृष्टि होती थी?

अ. चन्द्रकमल की

ब. नील नलिन की

स. लाल कमल की

द. श्वेत नलिन की

उत्तर : ब. नील नलिन की

प्रश्न 35 : प्रलयकालीन स्थिति में कौन-से देवता व्यस्त थे?

अ. महादेव

ब. विष्णु जी

स. वरुण देव

द. इन्द्रदेव

उत्तर : स. वरुण देव

प्रश्न 36 : 'पंचभूत का भैरव मिश्रण' में पंचभूत क्या है?

अ. पृथ्वी और आकाश

ब. जल और वायु

स. अग्नि

द. ये सभी

उत्तर : द. ये सभी

प्रश्न 37 : प्रलयकाल में समुद्र की लहरें किसके समान भयानक गर्जन कर रही थीं?

अ. सिंह के

ब. मृत्यु के जालों के

स. ज्वालामुखी के

द. इनमें से कोई नहीं

उत्तर : ब. मृत्यु के जालों के

प्रश्न 38 : प्रलय के समय समुद्र के शक्तिशाली लहरों के थपेड़े खाकर पृथ्वी किसके समान डूबती-उतराती दिखाई दे रही थी?

अ. घड़ियाल के

ब. अजगर के

स. मगरमच्छ के

द. कछुए के

उत्तर : द. कछुए के

प्रश्न 39 : 'हुआ बिलोड़ित गृह, तब प्राणी कौन! कहां! कब सुख पाते' पंक्ति में कौन-सा अलंकार है?

अ. मानवीकरण

ब. विरोधाभास

स. अर्थान्तरन्यास

द. उल्लेख

उत्तर : स. अर्थान्तरन्यास

प्रश्न 40 : जलमग्न संसार में कौन चकित होती थीं?

अ. मेघमालाएं

ब. ज्वालाएं

स. चपलाएं.

द. अप्सराएं.

उत्तर : द. चपलाएं

प्रश्न 41 : सृष्टि में चारों ओर जल ही जल हो जाने से वायु कैसी हो गई थी?

अ. सघन

ब. विरल

स. उष्ण

द. शीतल

उत्तर : अ. सघन

प्रश्न 42 : मछली के धक्के ने मनु की नौका को किस दिशा में पहुंचा दिया?

अ. पूर्व

ब. उत्तर

स. पश्चिम

द. दक्षिण

उत्तर : ब. उत्तर

प्रश्न 43 : जयशंकर प्रसाद द्वारा रचित 'कामायनी' में श्रद्धा किस क्रम का सर्ग है?

अ. चौथा

ब. तीसरा

स. छठा

द. दूसरा

उत्तर : **ब. तीसरा**

प्रश्न 44 : 'श्रद्धा सर्ग' में मनु ने श्रद्धा को क्या सम्बोधित करते हुए उसका परिचय पूछा?

अ. चपला

ब. बसन्त के दूत

स. ग्रीष्म के दूत

द. शिशिर के दूत

उत्तर : **ब. बसन्त के दूत**

प्रश्न 45 : श्रद्धा ने अपने शरीर पर जो वस्त्र धारण किया था वह किस देश की नीले वाली भेड़ों के चिकने चमड़े से बना था?

अ. हिन्दुस्तान

ब. मिस्त्र

स. अफगान

द. गांधार

उत्तर : **द. गांधार**

प्रश्न 46 : कवि ने श्रद्धा की मधुर मुस्कान की तुलना किससे की है?

अ. गुलाब से

ब. काले मेघ से

स. बाल रवि से

द. चन्द्रमा से

उत्तर : **स. बाल रवि से**

प्रश्न 47 : श्रद्धा ने मनु को किसका मध्य बिन्दु कहा?

अ. वृत्त का

ब. आयत का

स. वर्ग का

द. त्रिकोण का

उत्तर : **द. त्रिकोण का**

प्रश्न 48 : श्रद्धा के कोमल अधरों पर क्या था?

अ. निराशा

ब. मुस्कान

स. व्यंग्य

द. शिकायत

उत्तर : **ब. मुस्कान**

प्रश्न 49 : 'मेरा जीवन पहेली के समान उलझन भरा है' यह कौन कहता है?

अ. मनु

ब. श्रद्धा

स. इड़ा

द. आशा

उत्तर : **अ. मनु**

प्रश्न 50 : मनु के पूछने पर श्रद्धा ने श्याम देश किसे बताया?

अ. कर्मक्षेत्र को

ब. धर्मक्षेत्र को

स. ऐश्वर्य को

द. विलासिता को

उत्तर : अ. कर्मक्षेत्र को

प्रश्न 51 : श्रद्धा ने ज्ञान क्षेत्र में किससे उदासीनता कही है?

अ. सुख-दुःख से

ब. पाप-पुण्य से

स. उचित-अनुचित से

द. आधि-व्याधि से

उत्तर : अ. सुख-दुःख से

प्रश्न 52 : श्रद्धा के मन में किसका ज्ञान प्राप्त करने का तीव्र उत्साह था?

अ. विज्ञान का

ब. वास्तुकला का

स. ललित कला का

द. जीवन कला का

उत्तर : स. ललित कला का

प्रश्न 53 : किस दृष्टि से कामायनी का लज्जा सर्ग सबसे सुन्दर और चित्ताकर्षक है?

अ. मनोवैज्ञानिक

ब. सामाजिक

स. राजनीतिक

द. सांस्कृतिक

उत्तर : अ. मनोवैज्ञानिक

प्रश्न 54 : कामायनी के सर्गों की दृष्टि से लज्जा सर्ग किस क्रम पर है?

अ. दूसरे

ब. चौथे

स. दसवें

द. छठे

उत्तर : द. छठे

प्रश्न 55 : श्रद्धा के तन-मन में अनुभूत लज्जा किस प्रकार आती है?

अ. छिपती हुई सी

ब. हंसती हुई सी

स. मुस्काती हुई सी

द. रोती हुई सी

उत्तर : अ. छिपती हुई सी

प्रश्न 56 : 'नीरव निशीथ में लतिका-सी तुम कौन आ रही हो बढ़ती?' यह प्रश्न श्रद्धा किससे पूछ रही है?

अ. मनु से

ब. इड़ा से

स. लज्जा से

द. आशा से

उत्तर : स. लज्जा से

प्रश्न 57 : श्रद्धा की तरल हंसी नयनों में क्या भरकर स्मित बन जाती है?

अ. कज्जल

ब. स्वप्न

स. बालपना

द. बांकपना

उत्तर : स. बांकपना

प्रश्न 58 : 'इतना न चमत्कृत हो बाले! अपने मन का उपकार करो' यह कथन लज्जा ने किससे कहा है?

अ. श्रद्धा से

ब. मनु से

स. इड़ा से

द. आशा से

उत्तर : अ. श्रद्धा से

प्रश्न 59 : 'जिसमें निखरी हो ऊषा की लाली' इस पंक्ति में कौन सा अलंकार है?

अ. उपमा

ब. रूपक

स. उत्प्रेक्षा

द. विशेषण विपर्यय

उत्तर : स. उत्प्रेक्षा

प्रश्न 60 : लज्जा ने सौन्दर्य को चेतना का कैसा वरदान कहा है?

अ. कोमल

ब. उज्ज्वल

स. दृढ़

द. ओजपूर्ण

उत्तर : ब. उज्ज्वल

प्रश्न 61 : देवताओं की सृष्टि में लज्जा किस नाम से जानी जाती थी?

अ. रति-रानी

ब. सौन्दर्य रानी

स. रात-रानी

द. दीना

उत्तर : अ. रति-रानी

प्रश्न 62 : रति की प्रतिकृति लज्जा क्या सिखाती है?

अ. समागम

ब. पढ़ना

स. धैर्य

द. शालीनता

उत्तर : द. शालीनता

प्रश्न 63 : कामायनी का इड़ा सर्ग किस स्थान क्रम पर है?

अ. तीसरे

ब. पांचवें

स. सातवें

द. नवें

उत्तर : द. नवें

प्रश्न 64 : 'मनु! तुम श्रद्धा को गये भूल' किसका कथन है?

अ. मनु

ब. श्रद्धा

स. इड़ा

द. कामदेव

उत्तर : द. कामदेव

प्रश्न 65 : इड़ा किसका प्रतीक है?

अ. मन

ब. हृदय

स. बुद्धि

द. कर्म

उत्तर : **स. बुद्धि**

परिशिष्ट 2

विविध प्रतियोगी परीक्षाओं में पूछे गए कुछ प्रश्न और उनके उत्तर

लेखक : डॉ. भरत प्रसाद
प्रोफेसर, हिन्दी विभाग, नेहू, शिलांग (मेघालय)

1. **कामायनी किस प्रकार की रचना है?**

उत्तर : कामायनी एक महाकाव्य है।

2. **कामायनी के रचयिता कौन हैं?**

उत्तर : कामायनी के रचयिता जयशंकर प्रसाद हैं।

3. **कामायनी में कुल कितने सर्ग हैं?**

उत्तर : कामायनी में कुल 15 सर्ग हैं।

4. **कामायनी के मुख्य पात्र कौन हैं?**

उत्तर : कामायनी के मुख्य पात्र मनु, श्रद्धा, और इड़ा हैं।

5. **श्रद्धा का क्या अर्थ है?**

उत्तर : श्रद्धा का अर्थ है हृदय और प्रेम।

6. **इड़ा का क्या अर्थ है?**

उत्तर : इड़ा का अर्थ है बुद्धि और ज्ञान।

7. कामायनी में मनु किस रूप में प्रतीक है?

उत्तर : मनु मन का प्रतीक है।

8. कामायनी किस युग की रचना है?

उत्तर : कामायनी छायावादी युग की रचना है।

9. कामायनी किस भाषा में लिखी गई है?

उत्तर : कामायनी हिंदी भाषा में लिखी गई है।

10. कामायनी में क्या संदेश दिया गया है?

उत्तर : कामायनी में संदेश दिया गया है कि प्रेम, सहानुभूति, और ज्ञान के द्वारा मानव जीवन को उन्नति की ओर ले जाया जा सकता है।

11. कामायनी के महत्वपूर्ण तथ्य क्या हैं?

उत्तर : कामायनी की महत्वपूर्ण बातें:

कामायनी में मानव मन की विविध अंतर्वृत्तियों का वर्णन है।

यह महाकाव्य मानवता के रसात्मक इतिहास को दर्शाता है।

कामायनी में श्रद्धा और मनु के प्रेम की कहानी भी दिखाई गई है।

यह रचना ज्ञान, प्रेम, और बुद्धि के महत्व को दर्शाती है।

कामायनी में मनु के हृदय में श्रद्धा के लिए प्रेम और इड़ा के लिए ज्ञान की खोज दिखाई गई है।

12. **कामायनी में कौन किसका प्रतीक है?**

उत्तर : कामायनी एक प्रतीकात्मक काव्य है जिसमें मनु, श्रद्धा, इड़ा, किलात-आकुलि, श्वेत वृषभ आदि क्रमशः मन, बुद्धि, मानव, आसुरी भाव, धर्म के प्रतीक हैं।

13. **कामायनी का दर्शन क्या है?**

उत्तर : कामायनी पर्णतः मानव मन एवं दर्शन से परिपर्ण काव्य है। इसमें अभिव्यक्त जीवन-दर्शन के माध्यम से आधुनिक मानव को अपना जीवन सुखी बनाने हेतु दिशा-निर्देश दिए गए हैं और आधुनिक जीवन की प्रमुख समस्या का समाधान प्रस्तुत करने का प्रयास कवि ने किया है।

14. **कामायनी का प्रकाशन कब हुआ था?**

उत्तर : कामायनी का प्रकाशन वर्ष 1935 ई0 माना गया है। इसमें कुल 15 सर्ग हैं — चिंता, आशा, श्रद्धा, काम, वासना, लज्जा, कर्म, ईर्ष्या, इड़ा, स्वप्न, संघर्ष, निर्वेद, दर्शन, रहस्य तथा आनन्द। 'कामायनी' के विचार का अन्तर्संगठन कहीं भी शिथिल नहीं हुआ है।

15. **कामायनी की नायिका का नाम क्या है?**

उत्तर : आशय की अभिव्यक्ति के लिए कामायनी में तृतीय सर्ग 'श्रद्धा' का है। कवि की दृष्टि में श्रद्धा जीवन की इतनी प्रमुख वृत्ति है कि वह काव्य में नायिका के रूप

में उपस्थित की गयी है। प्रसाद जी ने यहाँ श्रद्धा का मनोवैज्ञानिक स्वरूप भी अंकित किया है और नारी-प्रतीक के रूप में भी उपस्थित किया है।

16. कामायनी के मुख्य छंद कौन से हैं?

उत्तर : कामायनी में मुख्य रूप से तोटक छंद का प्रयोग किया गया है।

17. कामायनी की कथावस्तु का आधार क्या है?

उत्तर : कामायनी की कथावस्तु का आधार ऋग्वेद, छांदोग्य उपनिषद, शतपथ ब्राह्मण और श्रीमद्भागवत है।

18. कामायनी का सबसे बड़ा सर्ग कौन-सा है?

उत्तर : कामायनी में 15 सर्ग हैं प्रथम सर्ग 'चिंता' (सबसे बड़ा) है, अंतिम सर्ग 'आनंद' (सबसे छोटा) है।

19. कामायनी के कुछ महत्वपूर्ण पात्र किसके प्रतीक हैं?

उत्तर :

मनु: मानव जीवन का प्रतीक

श्रद्धा : प्रेम, सौंदर्य और मानवता का प्रतीक

इड़ा: वासना और कामुकता का प्रतीक

कुमार: प्रेम और आशा का प्रतीक

श्रद्धा, इड़ा और कुमार के अतिरिक्त, कामायनी में देवजाति, आकुलि और किलात जैसे अन्य पात्र भी हैं।

20. कामायनी में कितने सर्ग हैं और उनमें क्या है?

उत्तर : 'चिंता' से प्रारंभ कर 'आनंद' तक 15 सर्गों के इस महाकाव्य में मानव मन की विविध अंतर्वृत्तियों का क्रमिक उन्मीलन इस कौशल से किया गया है कि मानव सृष्टि के आदि से अब तक के जीवन के मनोवैज्ञानिक और सांस्कृतिक विकास का इतिहास भी स्पष्ट हो जाता है।

कामायनी में कुल 15 सर्ग इस प्रकार हैं: चिंता, आशा, श्रद्धा, काम, वासना, लज्जा, कर्म, ईर्ष्या, इड़ा, स्वप्न, संघर्ष, निर्वेद, दर्शन, रहस्य, और आनंद।

1. चिंता:
   मानव जीवन की चिंता, निराशा, और संघर्ष का चित्रण है।
2. आशा:
   निराशा के बाद आशा की किरण और नए जीवन की शुरुआत का प्रतीक है।
3. श्रद्धा:
   प्रेम, विश्वास, और समर्पण का प्रतीक है।
4. काम:
   कामवासना और प्रेम का प्रतीक है।
5. वासना:
   कामवासना के चरम रूप और उसके बाद की लज्जा का वर्णन है।
6. लज्जा:
   लज्जा, शर्म, और मर्यादा का प्रतीक है।

7. कर्म:
   कर्म, कर्तव्य, और जिम्मेदारी का प्रतीक है।

8. ईर्ष्या:
   ईर्ष्या और द्वेष का प्रतीक है।

9. इड़ा:
   बुद्धि, तर्क, और ज्ञान का प्रतीक है।

10. स्वप्न:
    स्वप्न और कल्पना का प्रतीक है।

11. संघर्ष:
    मानव जीवन के संघर्षों और कठिनाइयों का चित्रण है।

12. निर्वेद:
    त्याग और वैराग्य का प्रतीक है।

13. दर्शन:
    सत्य, ज्ञान, और ईश्वर का दर्शन का प्रतीक है।

14. रहस्य:
    जीवन के रहस्य और अज्ञात का प्रतीक है।

15. आनंद:
    सुख, शांति, और आनंद का प्रतीक है।

परिशिष्ट 3

भारतीय प्रशासनिक सेवा की परीक्षा में विगत वर्षों में *कामायनी* को लेकर पूछे गए प्रश्न

1. कामायनी के रूपक तत्त्व का विश्लेषण करते हुए उसमें प्रतिपादित जीवन दर्शन को स्पष्ट कीजिए। -1980
2. श्रद्धा सर्ग के काव्य-सौन्दर्य का उदाहरणों के माध्यम से निरूपण कीजिए। - 1981
3. प्रतीकात्मकता, भाषा, शैली एवं छन्द-योजना की दृष्टि से कामायनी' में 'चिन्ता' सर्ग का महत्त्व स्पष्ट कीजिए। - 1984
4. 'कामायनी' के आधुनिक बोध का स्वरूप स्पष्ट कीजिए। -1987
5. 'कामायनी' काव्य और दर्शन के समन्वय का उत्कृष्ट उदाहरण है।' इस मत की परीक्षा कीजिए। - 1989
6. 'कामायनी' के 'श्रद्धा' सर्ग के आधार पर कवि की जीवन-दृष्टि एवं उद्देश्य को रेखांकित कीजिए। - 1990
7. छायावादी धारा के महाकाव्य के रूप में 'कामायनी की विशेषताओं पर प्रभाव डालिए। - 1991
8. 'कामायनी' के काव्य-सौंदर्य को उद्घाटित करते हुए उसमें निहित मिथक, तत्त्व का स्पष्ट कीजिए। -1992

9. "प्रसाद ने प्रकृति के कोमल और प्रलयकारी दोनों रूपों का चित्रण किया हैं।" 'कामायनी' में प्रकति वर्णन कीविशेषताओं पर प्रकाश डालते हुए उपर्युक्त कथन की सार्थकता सिद्ध कीजिए। -1993

10. दिनकर जी ने 'कामायनी' को 'दोष-रहित दूषण-सहित' कहकर क्या कहना चाहा है - संभावनाओं का आकलन करते हुए अपनी वैचारिक प्रतिक्रिया व्यक्त कीजिए। -1994

11. ध्वन्यात्मकता, लाक्षणिकता, उपचारवक्रता और अनुभूति की विवृति को छायावाद की विशेषता मानने वाले प्रसाद ने उसे 'कामायनी' में कैसे मूर्त किया है? स्पष्ट कीजिए। -1995

12 . कामायनी के अंगीरस का निरूपण रसवादी समीक्षा-पद्धति से कीजिए। -1996

13 . कामायनी में जयशंकर प्रसाद ने मानव मन एवं मानवता के विकास की कहानी प्रस्तुत की है। एतत्संबंध में अपना पक्ष उपस्थापित कीजिए। -1997

14. "कामायनी में प्राचीन एवं अर्वाचीन संस्कृतियों का सुन्दर समन्वय मिलता है।"- इस कथन की तर्कयुक्त विवेचना प्रस्तुत कीजिए। -1998

15. कामायनी में अभिव्यक्त आनन्दवाद और समरसता का सोदाहरण विवेचन कीजिए। -1999

16. छायावाद की प्रमुख विशेषताओं के आधार पर 'कामायनी' का मूल्यांकन कीजिए। - 2000

17. 'कामायनी' में चित्रित मानव-सभ्यता के विकास की विभिन्न स्थितियों और समस्याओं का विवेचन कीजिए। - 2002

18. 'कामायनी' का समरसता संदेश वर्तमान जीवन स्थितियों में कहाँ तक प्रासंगिक है। तर्क सहित बताइए। - 2004

19. रूपक तत्त्व की दृष्टि से 'कामायनी' की विवेचना करते हुए उसके उद्देश्य पर प्रकाश डालिए। - 2005

20. 'कामायनी को जयशंकर प्रसाद को अन्यतम काव्यकृति क्यों कहा जाता है? सतर्क और सोदाहरण अपने मत का उपस्थान कीजिए। 2007

21. 'कामायनी उज्ज्वल चेतना का सुन्दर इतिहास है'- इस कथन से आप कहाँ तक सहमत हैं? - 2011

22. "बुद्धिवाद के विकास में, अधिक सुख की खोज में, दुख मिलना स्वाभाविक है"। 'कामायनी' के आधार पर इस कथन की समीक्षा कीजिए। - 2014

23. रामचरितमानस के बाद कामायनी एक ऐसा प्रबंध काव्य है, जो मनुष्य के संपूर्ण प्रश्नों का अपने ढंग से कोई ना कोई संपूर्ण उत्तर देता है विचार कीजिए। - 2015

24. कामायनी को चेतना का सुंदर इतिहास और अखिल मानव भाव का सत्यशोधक काव्य क्यों कहा गया है अपने विचार प्रस्तुत कीजिए। - 2018

24. 'कामायनी' विषम परिस्थितियों में जीवन के सृजन का महाकाव्य है।' स्पष्ट कीजिए । - 2019

25. “प्रसाद मूलतः प्रेम और सौंदर्य के कवि हैं।” इस कथन के आधार पर ‘कामायनी’ में अभिव्यक्त प्रेम एवं सौंदर्य का स्वरूप स्पष्ट कीजिए। - 2020

26. कामायनी’ का गौरव उसके युगबोध, परिपुष्ट चिंतन, महत् उद्देश्य और प्रौढ़ शिल्प में निहित है।” इस कथन की विवेचना कीजिए। - 2021

27. जयशंकर प्रसाद रचित कामायनी के महाकाव्यतत्व का विश्लेषण कीजिए। - 2023

28. कामायनी को चेतना का सुंदर इतिहास और अखिल मानव भावों का सत्य — शोधक काव्य क्यों कहा जाता है? अपने विचार प्रकट कीजिए। - 2024

❑❑❑